ULLSTEIN

Das Buch

Das Unheil begann damit, daß der fast hundert Meter lange schwarze U-Kreuzer wie tot an der Pier lag, obwohl der Kommandant seinem LI befohlen hatte, spätestens um vier Uhr die Diesel warmlaufen zu lassen. In letzter Minute kann U-500 gegen den Befehl des Standortkommandanten aus dem Hafen fliehen, doch bleibt den sechzig Männern nur ein Funkspruch, um ihre Haut zu retten. »Jetzt werden sie auf der großen Karte das Fähnchen, das unser Boot markiert, durch ein schwarzes ersetzen«, kommentiert U-Wenke. »Zu Hause erwartet uns ein Kriegsgericht. Wir hauen ab. Kurs Südatlantik. Machen einen eigenen Verein auf. Wegtreten.«
Aber er hat die Rechnung ohne den deutschen Geheimdienst gemacht. Während die Alliierten ein unidentifiziertes U-Boot noch in asiatischen Gewässern suchen, steht dieses schon vor ihrer Haustür. Und läuft direkt in eine Falle.

Der Autor

C. H. Guenter wurde 1924 in Franken geboren. Wie viele seiner Altersgenossen legte er im Krieg das Notabitur ab und wurde zur Marine eingezogen, der er dann bis Kriegsende angehörte. Seine wichtigsten Einsätze erlebte er als Offizier zum Teil auf U-Booten. Seine Laufbahn als Schriftsteller begann C. H. Guenter mit dem Schreiben von Songtexten und Kurzgeschichten. Später folgten Drehbücher und Kriminalromane. Viele seiner Romane erschienen in den USA, in England, Frankreich, Brasilien, Italien und Rumänien.

In unserem Hause sind von C. H. Guenter bereits erschienen:

Atlantik-Liner
Das letzte U-Boot nach Avalon
(Einsatz im Atlantik; U 136 in geheimer Mission;
Duell der Admirale; U 136: Flucht ins Abendrot)
Das Santa-Lucia-Rätsel
U-Boot unter schwarzer Flagge
Kriegslogger-29
U-Z jagt Cruisenstern
U-77: Gegen den Rest der Welt
U-Kreuzer Nowgorod
Geheimauftrag für Flugschiff DO-X
U-XXI: Die erste Feindfahrt war die letzte

C. H. Guenter

Herr der Ozeane: U-500

Roman

Ullstein

Besuchen Sie uns im Internet:
www.ullstein-taschenbuch.de

Umwelthinweis:
Dieses Buch wurde auf chlor- und säurefreiem Papier gedruckt.

Ullstein Verlag
Ullstein ist ein Verlag der Ullstein Buchverlage GmbH.
Originalausgabe
1. Auflage Juli 2004

Umschlaggestaltung: Buch & Werbung, Berlin
Titelabbildung: Viktor Gernhard
Gesetzt aus der Sabon
Satz: Pinkuin Satz und Datentechnik, Berlin
Druck und Bindearbeiten: Ebner & Spiegel, Ulm
Printed in Germany
ISBN 3-548-25909-X

1

1943, Paris, Donnerstag, 22.30 Uhr

Der mit Schlamm und Dreck bespritzte VW-Geländewagen Typ 166 fuhr von Osten nach Paris hinein. Er sah aus, als käme er aus Rußland. Er trug das taktische Zeichen einer SS-Panzerdivision. Der Fahrer schien sich in Paris auszukennen. Von der Place de l'Opéra her rollte er über die Pont Neuf Richtung Panthéon. Dort bog er ab ins Hotelviertel und hielt vor dem Hotel Lutetia, wo die Kommandantur von Gestapo und SS untergebracht war.

Kaum hatte er vor dem Eingang die Bremse angezogen, eilte der Posten auf ihn zu und schnarrte: »Hier können Sie nicht parken!«

»Jetzt bin ich dreitausend Kilometer gefahren, damit Sie mich hier anscheißen!« Dabei knöpfte der SS-Offizier den verstaubten Ledermantel auf. Über seinem SS-Uniformkragen trug er das Ritterkreuz.

Der Posten fuhr zusammen. »Ich werde persönlich auf Ihren Wagen aufpassen, Herr Obersturmführer.«

Der Mann in der SS-Uniform betrat das Hotel. Zwischen Eingang und Treppe im Foyer stand ein Tisch. Daran saß ein Mannschaftsdienstgrad.

»Name? Dienstgrad? Begehr?« fragte er.

»Zu Obergruppenführer Wolfstein. Mit einem Geheimbefehl.«

Der Posten wollte zum Telefon greifen, doch der Besucher legte seine Hand auf den Hörer.

»Ich bin von Berlin angemeldet.«

»Aber die Maschinenpistole müssen Sie hierlassen, Herr Obersturmführer.«

»O Heimatland!« sagte der Besucher. »Da wo ich herkomme, können Sie nicht drei Schritte aus dem Haus ohne Waffe.«

»Mittelabschnitt?« fragte der Soldat.

»Krim«, antwortete der Besucher. »Sewastopol. Wollen Sie mich noch auf Handfeuerwaffen durchsuchen?«

Der Soldat verneinte. Der Besucher ging hinauf über die teppichbelegte Treppe in den ersten Stock. Das Lutetia, ein ehemaliges Grandhotel im Barockstil, hatte noch etwas von seiner alten Pracht – Stuck an Decken und Wänden, die goldenen Verzierungen. Die Teppiche aber waren von Soldatenstiefeln ziemlich abgetreten. Vor der hohen Doppeltür mit dem Namen Wolfstein stand kein Posten. Ohne anzuklopfen, trat der Besucher ein. In dem großen Raum saß der SS-General bullig hinter seinem Schreibtisch, bis zu den Augen von der Lampe beleuchtet. Er hob das Kinn.

»Wer sind Sie? Was wollen Sie?«

»Dich«, sagte der Besucher und zog aus der Tiefe seiner Manteltasche eine Luger-Pistole Kaliber 8 mm mit aufgesetztem Schalldämpfer. Damit schoß er dem hohen SS-Offizier, der vor Schreck aufgestanden war, erst einmal in den Unterleib zwischen die Beine. Die zweite Kugel zielte er zwischen die Augenbrauen und traf ihn mitten in der Stirn.

Mit einem Seufzer sackte Wolfstein zusammen. Der Besucher setzte ihm die Waffe auf das Herz und drückte noch einmal ab. Dann ging er hinaus, schloß die Tür. Ein Aufklarer in weißem Jackett kam ihm mit Tablett entgegen.

»Der Obergruppenführer verzichtet auf das Abendessen. Er hat zu arbeiten. Keine Störung.«

Drunten wunderte sich der Posten an der Rezeption.

»Schon erledigt«, sagte der junge SS-Offizier mit dem Ritterkreuz.

»Ihre Waffe, Herr Obersturmführer!«

Ein wenig achtlos reichte ihm der Gefreite oder was er war die MP.

»Vorsicht«, sagte der späte Besucher, »sie ist geladen. Mit Munition, von der wir vorher die Spitzen abgezwickt haben.«

Etwas mühsam lachend ging er hinaus, schwang sich in seinen VW-Kübel und raste durch die regnerische Nacht davon.

Der Kübelwagen fuhr nicht zurück über die Seine, sondern nach Osten hinaus in die Vororte. In einer schmalen Straße des alten Villaincourt hielt er vor einem rostigen Garagentor. Auf sein Hupen hin wurde das Wellblech hochgekurbelt, er rollte hinein. Hinter ihm ging die Garagenöffnung wieder zu.

»Da habt ihr euren geklauten Schwimmwagen wieder«, sagte er. »Seht zu, daß er euch nicht beschlagnahmt wird.«

Er warf die SS-Mütze in den VW, zog den Mantel aus und verschwand im Nebenraum. Als er nach etwa fünfzehn Minuten wieder zurückkam, war er rasiert und sah wie frisch geduscht aus. Jetzt trug er die Offiziersuniform der Kriegsmarine mit dem Rang eines Korvettenkapitäns und drei goldenen Ärmelstreifen.

Seine selbstgedrehte Zigarette rauchend, lehnte ein Mann in Lederjacke neben einem grün-blauen Citroën-Taxi.

»Los geht's«, sagte der Marine-Offizier. »Endstation Le Havre.«

»Das sind einhundertzwanzig Kilometer einfach, Monsieur.«

»Sie haben von mir zwei Kanister mit vierzig Litern Benzin bekommen. Das wird wohl reichen.«

Wortlos schob er sich nach hinten in das Taxi, und der Fahrer fuhr los, zunächst Richtung Versailles, dann nach Rouen. Die Straße mochte bei Kriegsbeginn noch neu gewesen sein, jetzt war sie zusammengeschunden, hatte Schlaglöcher, stellte aber die kürzeste Verbindung zu der Hafenstadt an der Seinemündung dar. Die abgeblendeten Scheinwerfer ließen kaum Sicht zu, aber der Mondschein tauchte die hügelige Landschaft um den Fluß in milchigen Schein. Immer wieder schaute der Korvettenkapitän auf die Uhr, drängte den Fahrer, er solle Gas geben.

Spätestens bei Morgengrauen wollte er mit seinem U-Boot auslaufen, denn das war die Zeit des Hochwassers.

2

U-500, 3.30 Uhr

Nach einer Nachtfahrt von zweieinhalb Stunden begann hinter ihnen die Morgendämmerung. Da kurvten sie schon nach Le Havre hinein. Der Kapitän dirigierte den Fahrer durch die Stadt direkt zum großen Hafenbecken. Dort lagen nur Minensucher und ein paar Vorpostenboote. Einen Vorteil besaß das große Hafenbecken: Es hatte keine Schleuse. Man konnte nahezu bei jeder Tidenlage durch die Mole die Ansteuerungstonne erreichen. Mit viel Geschick hatte Korvettenkapitän Wenke erreicht, daß sie vor drei Tagen Le Havre anliefen, um in der Werft den Luftverdichter prüfen zu lassen, obwohl der gar keinen Fehler hatte. An der Sperre zum Hafen wurden sie durch den Posten angehalten. Der Unteroffizier von der Wache leuchtete in den Fond des Citroën, sah den hochdekorierten Wenke und winkte den Wagen durch.

Bis jetzt ist alles zu glatt gegangen, dachte Wenke, verdammt, das dicke Ende kommt bestimmt.

Es begann damit, daß sein fast hundert Meter langer schwarzer U-Kreuzer wie tot an der Pier lag. Dabei hatte er dem LI befohlen, spätestens um vier Uhr die Diesel warmlaufen zu lassen.

»Was ist hier los«, herrschte er den Posten Pier an, »pennt hier alles?«

»Es ist was passiert, Herr Kapitän«, stotterte der junge Matrose.

Wenke erkletterte den Turm, stieg durch das Luk in die Zentrale und rief seinen I WO. »Zum Teufel, Winzer«, herrschte er ihn an, »was ist geschehen? Nennen Sie das seeklar?«

Der I WO machte einen leicht lädierten Eindruck. Er trug ein breites Hansaplast quer über die Nase. Mit wenigen Worten erfuhr Wenke, was geschehen war, und ließ die Besatzung in der Zentrale antreten. Kaum einer der Männer war unverletzt. Sie trugen durchblutete Pflaster, Verbände, zwei sogar den Arm in der Schlinge.

»Sie hatten Landgang genehmigt«, erläuterte der Erste Wachoffizier. »In der Mireille-Bar bekamen wir Streit mit Minensuchbootleuten von der 38. MS wegen Mädchen. Die Minensucher behaupteten, sie wären die Hausherren hier, und machten sich breit. Wir machten uns noch breiter, so kam es zu einer fürchterlichen Bolzerei. Die Minensuchleute hatten Messer, und dann fiel ein Schuß. Am Ende lagen zwei Tote da, und das Führerbild an der Wand war auch zerfetzt.«

Enttäuscht blickte Wenke seine Männer an. »Na, fabelhaft.«

Die stumme Antwort waren ihre blutigen Verbände.

Wenke ließ kein Donnerwetter los. Ihm ging es nur noch darum, rasch wegzukommen.

Der Erste Offizier sagte noch: »Dann kam die Marinefeldpolizei, aber sie konnte nicht hundert Mann festnehmen. Schätze, die werden bald wieder auftauchen, Herr Kapitän.«

Wenke wußte, was das bedeuten konnte. Nicht nur Mannschaften, auch Unteroffiziere und Offiziere waren an der Schlägerei beteiligt. Das bedeutete Kriegsgericht, Verurteilung wegen Zersetzung der Wehrkraft, Strafkompanie an irgendeine Todesfront.

»Sofort seeklar machen, aber Beeilung!«

Die Männer hasteten auf ihre Stationen so schnell wie nie zuvor. Die Luken wurden dichtgeholt, die Außenbordanschlüsse verriegelt, die Diesel sprangen an. Als der II WO das Boot auslaufklar meldete, dämmerte es schon, und ein schwarzer Wagen fuhr auf der Pier heran. Der Posten an der Stelling meldete über Telefon einen Offizier, einen Hauptmann der Feldpolizei der Marine. Wenke kletterte sofort auf die Brücke. Der Polizist hielt sich dem Kommandanten gegenüber nicht lange mit Vorreden auf.

»Ihre ganze Besatzung ist festgenommen. Ich muß die Vorgänge in der Mireille-Bar zu Protokoll nehmen. Für das Boot besteht Auslaufverbot.«

»Wer hat das befohlen?« fragte Wenke arrogant. »Solchen Unsinn.«

»Der Standortkommandeur, Generaloberst Schneidewind.«

»Ich unterstehe nur dem Befehlshaber der U-Boote«, erklärte der Kommandant. Vor ihm stand der Bootsmann. »Was ist los, Kupfer?«

»Frage Leinen, Herr Kapitän.«

»Alle Leinen los. Stelling an Land«, befahl Wenke und wandte sich an den Feldpolizeihauptmann. »Entweder Sie verlassen sofort mein Boot, Herr Kamerad, oder wir nehmen Sie mit hinaus in den Atlantik. Einsatz drei Monate, gesunde Rückkehr nicht garantiert.«

»Das kostet Sie Ihren Rang, Korvettenkapitän Wenke«, zischte der Feldpolizist mit dem vielen Silber und konnte gerade noch an Land springen.

Der Ebbstrom hatte inzwischen das schwere Boot erfaßt und ein Stück weggeschwoit.

Wenke, noch auf der Brücke, befahl: »Beide Diesel langsame Fahrt voraus. Ruder Backbord zehn, auf die Mole zuhalten.«

Da die Molenbefeuerung, das rote und das grüne Licht, ausgeschaltet war, ließ er sie mit dem Brückenscheinwerfer beleuchten. In diesem Augenblick erschollen an der Pier Befehle, und ein Maschinengewehr begann zu rattern. Die Kugeln prallten an der stählernen Brückenverkleidung von U-500 ab, und es gab keine Schäden.

Wenke ließ den Diesel noch eine Fahrtstufe höher gehen. Sie passierten die Mole, die Schießerei hinter ihnen hörte auf, aber Wenke sagte zu seinem I WO: »Das war noch nicht alles, fürchte ich.«

Obersteuermann Nagel tauchte aus dem Turmluk auf.

»Bis zur Ansteuerungstonne zwanzig Meter Wassertiefe. Eine halbe Meile östlich davon abfallend auf hundert Meter.«

Wenke befahl, tauchklar zu machen. Von Westen,

also von der Britischen Insel auf der anderen Seite des Ärmelkanals her, näherten sich Motorengeräusche, typische Jagdflugzeuge. Es waren zwei Spitfires.

»Die Morgenpatrouille«, sagte der I WO.

»Das wäre nicht das Schlimmste«, ergänzte der II WO, Leutnant Wächter, und deutete nach achtern. »Drei Objekte in 135 Grad«, meldete er. »Vermutlich Schnellboote.«

Man hatte also rasch reagiert und Jäger hinter ihnen hergeschickt.

»Wassertiefe jetzt?« fragte Wenke beim Obersteuermann.

»An fünfzig Meter«, meldete dieser.

Schon hatte sich Wenke entschieden. »Wir müssen zusehen, daß wir uns unsichtbar machen. Tauchen«, befahl er.

Die Sirene gab Flutalarm.

Die Brücke wurde geräumt, das Luk dichtgemacht. In der Zentrale riß der Maat die Entlüftungen. Luft zischte aus den Tauchtanks.

Der Leitende stand hinter den Rudergängern und befahl: »Tiefenruder vorn und hinten 10 Grad unten.«

»E-Maschine zuschalten«, befahl Wenke.

Die Diesel waren längst stumm. Die E-Maschinen summten. Sie schoben das wohlausgetrimmte Boot in die Tiefe und machten es für normale Verfolger unauffindbar. So gut es ihnen möglich war, steuerte Wenke das Boot um Cap d'Antifer herum zu Weg sieben, auf dem er den Ärmelkanal erreichte und der stets minenfrei gehalten wurde.

Mit dem Steuermann brütete er über den Seekarten und beschloß: »Bei 50 Nord gehen wir auf Kurs. Präzise 270 Grad, Einfahrt Irische See.«

»Die nächsten drei Stunden haben wir schweren Strom gegen uns«, erwähnte der Obersteuermann.

Daraufhin ließ Wenke Schnorchelfahrt vorbereiten, womit sie unter Wasser mit Diesel laufen konnten. Damit hatten sie genug PS verfügbar und kamen auch gegen den stärksten Strom vorwärts.

Das kostete Nerven bis zur Zerreißgrenze, mit einem nahezu zweitausend Tonnen schweren 9-D2-Boot gegen den Strom im Ärmelkanal anzugehen. Er setzte mindestens mit sieben Knoten Südost, und das in Schnorcheltiefe, ringsum ein Friedhof von gesunkenen Schiffen. Doch Wenke konnte sich auf seine Männer verlassen. Der Obersteuermann stand mit der Stoppuhr am Koppeltisch und meldete jede Minute die Position.

»Wrack voraus – kommen vorbei.«

Der I WO neben Wenke in der Zentrale sagte leise: »Jetzt haben sie in Berlin die Fernschreiben auf den Tischen.«

»Wenn der BdU schlau ist, wirft er sie in den Papierkorb. Wir sind immerhin ein Ritterkreuzboot. Raufereien gibt es bei der Marine immer. Die Matrosen von Dickschiffen und Dünnschiffen mögen sich eben nicht allzusehr.«

Die beiden MAN-Diesel liefen mit voller Kraft und warfen ihre 4500 PS auf die Schrauben. So kamen sie wenigstens mit zehn Knoten gegen den Strom voran.

»Litzard-Point querab!« meldete der Obersteuermann später.

»Wann kentert der Strom, Nagel?«

»19.40 Uhr. Herr Kapitän.«

Wenke schaute nur kurz auf die Marine-Uhr. In wenigen Minuten waren sie aus dem Schlimmsten raus. Wer das mitgemacht hatte, der wußte auch, warum Le Havre nie zum U-Boot-Stützpunkt ausgebaut worden war – wegen der schwierigen Gezeiten- und Stromverhältnisse. Normalerweise lief ein Boot nur dann aus, wenn der Strom von achtern setzte. Aber sie waren schließlich auf der Flucht. Und nicht nur wegen der Rauferei mit den Minensuchbootleuten in Le Havre.

Der Obersteuermann meldete die neue Position. »Land's End an Steuerbord querab. Zeit für Kurswechsel.«

Man spürte im Boot deutlich, wie der Gegenstrom nachließ. Wenke befahl Kursänderung auf 350 Grad. Dieser Weg führte sie hinauf in den St.-Georgs-Kanal und von der Irischen See durch das Inselgewirr in den Nordatlantik. Allmählich hatte Wenke die Schnorchelei dick. Immer wenn eine Welle das Kopfventil des Schnorchels zuschlug, saugten die Diesel die Luft aus dem Boot. Der Druckunterschied ließ die Trommelfelle knacken.

»Frage Dämmerungsbeginn«, wandte sich Wenke an den Obersteuermann.

»Dämmerungsbeginn eingetreten«, meldete Nagel.

Wenke ließ klarmachen zum Auftauchen. Der Schnorchel wurde eingefahren, die Diesel abgestellt, die E-Maschinen liefen an.

Mit besorgtem Gesicht wandte sich der LI, Kapitänleutnant Ing. Roth, an den Kommandanten. »Kaum noch Batterie, Herr Kapitän.«

»Sobald wir droben sind, lassen Sie mit einem Diesel laden.«

Das Auftauchen begann. Die Tauchtanks wurden angeblasen, die Tiefenruder nach oben gestellt und getrimmt. Wenke wartete auf die Meldung »Turm ist durch«. Er wurde ungeduldig.

»Verdammt, warum dauert das so lange?«

»Wir sind zu schwer, Herr Kapitän. Volle Tanks, alle Torpedos. Da läßt sich die Rekordzeit nicht halten.«

Wenke wußte, daß er sich auf das, was der LI sagte, verlassen konnte. Plötzlich ein hartes Kratzen unter dem Kiel, als fahre ein Nagel über eine Glasscheibe. Keiner fragte nach der Ursache. Die Männer in der Zentrale blickten sich nur stumm an. Sie waren über den Mast oder die Aufbauten eines Wracks hinweggerutscht.

»Schadensmeldung«, forderte Wenke an.

Der LI verschwand, kam nach wenigen Minuten wieder. »Kein Schaden«, meldete er. »Alles dicht.«

»Auch nicht im Batterieraum?«

»Wir sind immerhin ein Zweihüllenboot, Herr Kapitän.«

Der LI war dem Kommandanten treu ergeben. Man hatte auf einem D-I-Boot einen erfahrenen Leitenden gesucht. Roth war abkommandiert worden, aber Wenke hatte ihn zurückgeholt. Roth war ihm von Herzen dafür dankbar. Die D-I-Boote hatten eine andere Maschinenanlage, nicht die zwei altbewährten MAN-Diesel, sondern sechs Mercedes-Schnellboot-Diesel. Die hatten zwar 10 000 PS, machten das Boot aber nur vier Knoten schneller, und das Fahren mit diesen sechs Schnellboot-Dieseln war die Hölle: der Lärm, die Hitze, die sie entwickelten, jeden Augenblick ein Leck in dem Geschlinge der Kühlwasserrohre ...

»Ein Kamerad von mir«, hatte Roth berichtet, »ist mit einem D-I bis Ostasien gefahren. Als er zurückkam, war er taub und reif fürs Irrenhaus. Nee, dann lieber an die Ostfront.«

»Immer frische Luft.«

»Und kalten Arsch«, fügte der II WO hinzu.

3

Die Flucht

Stunden später, in der Irischen See, kamen sie in schweres Wetter. Die Wellen wurden in der Enge zwischen England und Irland stark hochgekämmt. Auf der Brücke befahl Wenke, die Posten sollten sich angurten. Keiner schätzte das sehr, es engte die Bewegungsfreiheit ein. Doch dann kam eine besonders schwere See von achtern und riß einen Ausguck von der Brücke. Er schrie und ging wie eine Strohpuppe über Bord. Sie konnten ihn nicht mehr retten.

»Da waren sie nur noch neunundfünfzig Mann«, bemerkte der II WO bitter.

Bei Wachwechsel ließ die alte Wache der neuen eine gewisse Zeit, um die Augen an die Dunkelheit zu gewöhnen. Im ersten Moment war man fast blind. Zum Glück war das Auftauchen von Mosquito-Bombern und Spitfire-Aufklärern bei diesem Wetter eher unwahrscheinlich. Nach sieben Stunden Sturmfahrt durch die Irische See lag vor ihnen der Nordatlantik mit einer langen, langsamen Dünung.

Das Wetter hatte sich gebessert, damit erhöhte sich die Gefahr, erkannt zu werden. Der Ausguck deutete in Richtung 13 Uhr. Der erfahrene Wenke erkannte sofort, was er meinte. An einer Stelle wurden die Wellen besonders stark hochgebuckelt. Das konnte nur ein britisches U-Boot sein. Kein Zweifel, daß der Gegner zum Angriff anfuhr. Wenke wußte, daß die Briten die Angewohnheit hatten, gleich Fächer zu schießen, die Fächer auch eng zu streuen, und im Kampf gegen U-Boote stellten sie die Torpedos besonders flach ein. Das bestätigte sich auch hier.

»Abschuß«, meldete der Horcher.

Drei Torpedos schoben kleine Bugwellen vor sich her. Mit diesem Wissen konnte Wenke reagieren. Er gab äußerste Kraft voraus und hart backbord direkt auf den Gegner zu. Die drei Torpedos rauschten vorbei, einer davon keine fünf Meter von der Bordwand entfernt.

In den nächsten Tagen keine besonderen Vorkommnisse. Es herrschte Seegang vier bis fünf, zudem war es neblig und diesig. Das Boot gab seine üblichen Kurzmeldungen ab.

Leise wandte sich der I WO beim Frühstück in der Messe an den Kommandanten: »Sie wissen in Berlin jeden Augenblick, wo wir sind, Herr Kapitän.«

Wenke dachte kurz nach, dachte an Le Havre, an Paris, und antwortete mit einem Wort: »Noch«, sagte er einsilbig.

»Wie meinen Sie das, Herr Kapitän?«

»Mal sehen.«

Jeder der Anwesenden in der Messe wußte, um was

es ging. Nur Wenke wußte etwas mehr, um was es ging. Jeder gabelte verdrossen sein Rührei.

»Der Kommandant wird es schon richten«, sagte der LI, den Teller mit Brot austutschend.

»Dagegen gibt es nur keine Tricks«, meinte der II WO.

»Oder doch – er kennt alle, von Alpha bis Beta.«

Schon tausend Meilen weit im Atlantik, ging Wenke immer wieder auf Sehrohrtiefe. In der zweiten Woche ihres Einsatzes, es war gegen Mitternacht, meldete der Horcher einen Geleitzug. Es sollten besonders starke Schraubengeräusche und solche von Kolbendampfmaschinen sein. Das traf auf die alten Kästen zu, mit denen die Engländer ihre Versorgung aufrechterhielten. Die Lage war günstig. Der Geleitzug machte bestenfalls fünf Knoten, es war leicht, sich mit AK der Diesel vor die Schiffe zu setzen.

»Funkspruch an BdU«, sagte Wenke zu dem Funker. »GELEITZUGKONTAKT IN QUADRAT AK 94. GREIFE AN.«

Es war dunkel und mondlos, ein U-Boot bei dieser See auch für noch so aufmerksame Bewacher kaum zu erkennen. Wenke beschloß, den Angriff vom Turm aus zu fahren.

»UZO auf die Brücke«, befahl er.

Der Mann am Rechner bekam die Schußwerte. Lage, Entfernung, Gegnerfahrt. Der Torpedoraum meldete die Rohre klar. In diesem Augenblick traf ein Funkspruch ein: »AN U-WENKE. KEIN ANGRIFF. ZIEHEN WEITERE BOOTE AUF KONVOI ZUSAMMEN.«

Im Grunde war so etwas üblich. Damit sich ein

Einzelfahrer nicht verriet, wartete er, bis ein Rudel zusammen war. Doch irgendwie mißfiel das Wenke. Er war damit nicht allein.

Der I WO schien der gleichen Meinung zu sein. »Irgendwann kriegen sie uns«, flüsterte er. »Früher oder später.«

»Besser später.«

Keine zwölf Stunden später hörten sie in der Ferne Detonationen. Es waren also schon andere Boote an den Konvoi herangerückt und hatten Feuererlaubnis. Dies nahm Wenke nun auch für sich in Anspruch.

»Da kommt ein ganz dicker Brocken an uns vorbei«, meldete der Steuerbordausguck.

»Keine Beute ist jemals groß genug«, bemerkte Wenke ironisch.

Und der II WO fieberte vor Angriffslust. Wie ein Jung-Siegfried, der nie einen Drachen getötet hatte.

Wegen des immer noch diesigen Wetters fuhr Wenke einen klassischen Angriff, schoß nur einen Torpedo, weil er sicher war zu treffen. Präzise nach der Laufzeit explodierte der Benzintanker. Wenke hatte sich zur Regel gemacht, daß er nach jeder Versenkung vierundzwanzig Stunden getaucht blieb, denn eine Torpedierung war immer der Beweis für die Anwesenheit eines U-Boots. Diese Methode hatte ihn bisher vor den Verfolgern und ihren Wasserbomben bewahrt. Deshalb lebten er und seine Besatzung nach neun Feindfahrten auch immer noch. Er warf einen letzten Blick durch das Sehrohr. Der Tanker sank, und zwei Zerstörer aus der Bewachereskorte rasten wie wild herum.

»Tanker sinkt«, meldete der Horcher. »Schraubengeräusch von Turbinen kommt näher.«

Wenke war sicher, daß sie ihn auch diesmal nicht finden würden. Doch dann trat etwas völlig Ungewöhnliches ein. Der Funker brachte einen verschlüsselten Funkspruch. Der I WO holte die Enigma heraus, um den Klartext zu bekommen.

»Offiziersfunkspruch«, sagte er, »zweimal verschlüsselt.«

Als der Klartext vorlag, wußte nicht nur Wenke Bescheid, sondern auch alle anderen hatten verstanden. Der BdU-Befehl lautete: »AN U-WENKE. ANGRIFF AUF GELEITZUG ABBRECHEN. SOFORTIGE RÜCKKEHR NACH BASIS BREST.«

Einer murmelte in die Stille hinein, es war der II WO, Leutnant Wächter: »Jetzt haben sie uns am Kanthaken.«

»Am Arsch«, fürchtete der Zentraleobermaat.

Wenke zog sich in sein Schapp zurück, entwarf auf einem Stück Papier einen Funkspruch, strich den Wortlaut mehrere Male durch, bis er den richtigen zu haben glaubte. Er lautete: »NACH VERSENKUNG WABO-ANGRIFF DURCH VERFOLGER. TREFFER. BOOT SCHWER BESCHÄDIGT, NICHT ZU HALTEN. ES LEBE GROSSDEUTSCHLAND.«

Den Funkspruch gab er so an den Funkmeister. »Sofort absetzen.« Dann sagte er zu seinem I WO: »Jetzt werden sie auf der großen Karte das Fähnchen, das unser Boot markiert, durch ein schwarzes ersetzen. Rufen Sie die Besatzung in der Zentrale zusammen.«

Dort unterrichtete Wenke seine Männer mit knappen Worten: »Zu Hause erwartet uns das Kriegsgericht. Wir hauen ab. Kurs Südatlantik. Machen einen eigenen Verein auf. Wegtreten.«

4

Möwen und Mosquitos

Seit seinem Untergang durch Wasserbomben hatte U-Wenke tausendfünfhundert Seemeilen hinter sich gebracht, vom Mittelatlantik bis nahe an die Azoren. Während es auf 44 Grad Nord noch sehr kalt gewesen war, kamen sie jetzt in tropische Gewässer. Der Kommandant ließ Afrika-Ausrüstung ausgeben. Die hatte U-500 an Bord, denn als Einsatzgebiet war ursprünglich die Karibik vorgesehen. Immer wieder prüfte Wenke Kurs und Standort. Während sich die Geleitzugschlacht halbwegs zwischen Neufundland und Schottland abgespielt hatte, waren sie mit Kurs Süd an den Bermudas vorbeigekommen, hatten bei 20 Grad Nord Kurswechsel auf 140 Grad vorgenommen. Vor ihnen lagen die endlosen Weiten des Atlantiks, die nicht weniger gefährlich waren. Immer wieder vergatterte Wenke seine Männer, auf alles zu achten, was irgendwie herumflog. Zu dem Wachhabenden sagte er: »Besser vor einer Möwe alarmtauchen als einen Mosquito-Bomber übersehen.«

Das Boot war mit Vorräten bis zum Kragen ausgestattet gewesen, aber auch die gingen nun langsam zu Ende. Wenke führte eine Unterredung mit dem Ersten Wachoffizier.

»Erstellen Sie eine Liste über alles, was wichtig ist, Kraftstoffvorrat, Proviant, Ausrüstung, die dem Verbrauch unterliegt.«

»Bis morgen, Herr Kapitän«, sagte Winzer.

»Bis heute abend«, forderte Wenke.

Es sah nicht besonders erfreulich aus. Der Proviant reichte alles in allem noch für sechs Wochen, wenn man von Frischgemüse und Frischfleisch absah. Vorhanden waren noch Dauerware, also geräucherte Schinken und Würste, Konserven und Kartoffeln. Schlechter sah es aus beim Kraftstoffvorrat. Sie waren mit zweihundertzehn Tonnen Diesel in Le Havre losgefahren. Damit kamen sie normalerweise zehntausend Seemeilen weit. Von diesem Treibstoff war mittlerweile die Hälfte verbraucht, und das Gesicht des LI wurde jeden Tag grauer und ein bißchen länger. Ohne mit ihm zu reden, kannte Wenke seine Gedanken. Einmal in der Zentrale sagte er zu Roth: »Einen Dönitz-Tanker kann ich nicht anfordern, aber Sie kriegen schon noch Ihren Diesel. Südlich der Azoren gibt es genügend Alleinfahrer, die meinen, der Krieg fände mehr hinterm Mond statt.«

Als das Boot an einem Tag dreimal mit Alarmsirene zum Tauchen gezwungen worden war und die Mannschaft allmählich auf die Turmwache schimpfte, weil die offenbar alles, was herumflog, für einen feindlichen Aufklärer hielt, rief Wenke bei Unterwasserfahrt seine Männer zusammen. Mit Ausnahme des Horchers und der Maschinenwache war alles in der Zentrale versammelt.

Wenke hatte eine große Karte des Nordatlantiks aufgehängt und wandte sich an seine Männer: »Wir sind ja unter uns, und ich will ganz offen sprechen.« Mit einer Taschenlampe leuchtete er die Karte ab. Ihr Strahl bildete einen kleinen hellen Kreis. »Wir sind jetzt auf der Höhe der Kanarischen Inseln. Gewöhnlich sagt man, ein Fernkampfboot, das bis hierher gekommen ist, müßte es eigentlich gelernt haben. Wir werden die meiste Zeit unter Wasser fahren müssen, nur des Nachts aufgetaucht. Bis wir durch sind, wird das drei bis vier Wochen dauern, und wir sind keinen Augenblick außer Gefahr. Denkt dran, Leute, Sicherheit gibt's nicht, keine Minute.«

Die sechzig Mann seiner Besatzung hörten aufmerksam zu. Die meisten waren kaum zwanzig Jahre alt, nur die Unteroffiziere, die Maate und Bootsmänner waren älter als fünfundzwanzig und damit die ältesten an Bord.

Der Lampenkegel wanderte weiter nach Süden in das Seegebiet westlich von Freetown. Wenke fuhr fort: »Früher war das einmal ein besonders ergiebiger Acker. Deswegen hat der Gegner eine extra dichte Luftüberwachung eingerichtet, die Air Control Group.« Der Lampenkegel deutete auf Freetown, auf die britische Insel Ascension, die lag aber schon südlich des Äquators. »Flugzeuge sind hier ständig in der Luft. Sie können in Afrika, in Natal auftanken. Wir müssen annehmen, daß in diesem Gebiet sogar Flugzeugträger operieren – ich hätte wahnsinnig gern einen erwischt. Hier sollten wir also möglichst schnell durchkommen, durch dieses Schlangennest. In letzter Zeit sind mehrere Boote vom Monsun-Typ auf dem Anmarsch zum Indischen Ozean verlorengegangen. Die müssen alle hier versenkt worden sein. Sie hatten nicht einmal Zeit, den Angriff zu melden, und sind wohl auch bei Nacht versenkt worden.«

Der II WO stellte eine Frage: »Waren diese Boote nicht mit dem neuen Radarempfangsgerät ausgestattet?«

Wenke konnte ihm darauf keine klare Antwort geben. »Die alliierten Aufklärer orten unsere Boote irgendwann nachts aus der Ferne. Sie greifen aber nicht sofort an. Sie ziehen Unterstützung heran und warten auf einen günstigen Augenblick. Dann stoßen sie rudelweise entweder aus den Wolken oder mit der Sonne im Rücken herunter. Da hilft auch Alarmtauchen nichts mehr.«

Die Männer wußten alle, daß der U-Kreuzer 500 durch seine Größe beim Tauchen besonders schwerfällig und obendrein bei Überraschungsangriffen besonders leicht verwundbar war.

Wenke schloß seinen Vortrag: »Alle diese Boote wurden von erfahrenen Kommandanten geführt, die wußten, um was es ging. Männer, auch ihr wißt nun, um was es geht.« Was er dachte, sprach er nicht aus, aber er dachte, daß den nichts mehr erschüttern kann, der einmal gestorben ist.

Die Brückenwache meldete Kontakt. Wenke turnte nach oben, ließ sich vom Obersteuermann ein frischgeputztes Glas geben. Tatsächlich stand am Westhorizont eine Mastspitze und über der Mastspitze eine zarte dunkle Wolke.

»Dieselmotor«, sagte der LI.

Da es dunkel wurde und der Alleinfahrer die Sonne gegen sich hatte, änderte Wenke den Kurs um 10 Grad steuerbord, um so schräg auf den Einzelfahrer zuzulaufen. Bei einem Abstand von etwa drei Meilen erkannten sie, daß es sich vermutlich um einen kanadischen Walfänger handelte.

»Hochmodernes Schiff«, bemerkte der seeerfahrene Obersteuermann. »Stinkt noch nach Farbe.«

»Der ist auf dem Weg in die Antarktis, um Wale und Schwertfische zu jagen. Proviantmäßig sind diese Schiffe meist voll bis unter die Oberkante Deckspanten.«

Der Leitende fügte hinzu: »Zweifellos hat er moderne Dieselmotoren und keinen alten Glühkopf, der Schweröl verbrennt. Könnte passend für uns sein.«

Wenke beschloß, zu tauchen, dann unmittelbar neben dem Walfänger herauszukommen und ihm als erstes seine Funkantennen wegzuschießen. Sie dachten schon an leichte Beute, als sie von Süden her das Brummen von Flugzeugmotoren hörten. Es war eine ziemlich tief fliegende zweimotorige Mosquito. Also tauchten sie so schnell es ging.

Wenke fluchte leise. »Wäre ein verdammt schmakkiges Stück Beute gewesen.«

5

Der große Irrtum

Der Befehlshaber der U-Boote, Admiral Dönitz, hatte seine Befehlsstelle von Paris nach Lorient verlegt. Seit dem Frühherbst residierte er auf dem Besitz eines französischen Sardinenfabrikanten, dem Schlößchen Kernével, fünf Kilometer von Lorient.

Noch am Nachmittag kam er aus Brest in seiner Kommandostelle an, rechtzeitig zur Abendlage. Auf der großen Karte hatte sich einiges verändert. Das Fähnchen mit der Nummer 500 steckte nicht mehr im Mittelatlantik auf dem Feld AK 94, ziemlich abseits von anderen Booten. Man hatte es entfernt. In die Einsatzliste des Boots wurde anstelle des Ankunftstermins ein Kreuz gesetzt.

Dönitz wußte über jede seiner Kampfeinheiten Bescheid, die vor dem Feind geblieben waren. Er sagte zu seinem Chef der Operationsabteilung, Kapitän zur See Luft: »Wer weiß, wofür es gut ist.«

»Sie haben das Boot zurückbeordert, Herr Admiral.«

»Ich mußte«, bedauerte der BdU. »Ein Befehl vom Oberkommando der Kriegsmarine. Wenke ist mit seinem Boot in Le Havre einfach abgehauen, gegen die Auslaufsperre des Ortskommandanten.«

»Der war über Wenke nicht befehlsermächtigt.«

Am Fenster stehend starrte der BdU hinaus in die hereinbrechende Dunkelheit. Der Wind von See her spielte in den Pappeln, die schwarz in den Himmel ragten. Leise sprach er mehr zu sich selbst: »Die Besatzung wäre wegen dieser Schlägerei vielleicht mit Degradierung davongekommen. Wenke hat mit seinen Leuten beinahe auf jeder Feindfahrt fünfzigtausend Tonnen versenkt. Da hätte man gewiß einiges ausrichten können, wenn es nicht um den Kommandanten selbst ginge.«

Der Operationschef holte einige der Zeitungen aus dem Stapel und deutete auf die Überschriften. »Dieser SS-General Wolfstein wurde letzte Woche in seinem Heimatort Frauenberg im Bayerischen Wald bestattet. Mit allen Ehren.«

»Mit allen Ehren«, wiederholte Dönitz bitter. »Fehlt nur noch, man hätte ihm ein Staatsbegräbnis ausgerichtet.«

Was Dönitz nicht aussprach, erwähnte nun sein IA. »Er galt wohl als das größte Schwein und Massenmörder unter seinesgleichen. Aber wer sollte ihn jemals anklagen wegen seiner Verbrechen im Osten? Kein Gericht in Europa hätte das jemals gewagt. Diese SS-Klüngel halten zusammen wie Pech und Schwefel.«

Dönitz hatte sich umgedreht und bemerkte spöttisch: »Sie haben die besten Kriminalisten Großdeutschlands auf diese Mordsache angesetzt. Mit ziemlichem Erfolg. Zuerst wollten sie es der französischen Untergrundbewegung anlasten. Das ließ sich aber nicht aufrechterhalten. In Wolfsteins Nachlaß fanden sie einen Brief, der dem Obergruppenführer den baldigen Tod androhte.«

»Der Brief stammt von einem Baron Armin Omar von Demuth«, erwähnte Luft.

»Und warum schnappt man diesen Demuth nicht?«

Der IA schien einiges darüber zu wissen. »Am Bodensee gibt es eine Klinik für Schwerstbehinderte. Dort hängt das, was von diesem Baron von Demuth noch übrig ist, in einem Sack aus Lederriemen von der Decke. Ein paar Schläuche laufen zu dem Rumpf hin und weg. Ihm wurden bei irgendeinem Angriff Arme und Beine weggerissen, außerdem ist er erblindet und gehörlos. Nur noch der Rumpf lebt.«

»Dieser Krüppel ist natürlich nicht in der Lage, den Mord an Wolfstein durchgeführt zu haben«, äußerte Dönitz bitter.

Nach einer Pause nahm der IA das Gespräch wieder auf. »Die Gestapo-Fahndung hat aber festgestellt, daß er einen einzigen guten Freund hatte, nämlich unseren Kapitän Christoph Wenke. Alles deutet darauf hin, daß er der Rächer war. Figur, Stimme, Auftreten, auch wenn er sich mit der Uniform eines SS-Offiziers tarnte, stimmten überein. Er muß nach der Tat, die etwa eine Stunde vor Mitternacht stattfand, durch die Nacht zur Küste auf sein Boot gerast sein und hat sich dann befehlsgemäß in den Nordatlantik abgesetzt. Dort wurden er und seine Männer vom Schicksal eingeholt.«

»Kennt man ein Motiv?« fragte Dönitz später.

Kapitän zur See Luft zuckte mit den Schultern. »Es gibt nur wenige Gründe. Geld spielte erwiesenermaßen keine Rolle, verrückt ist Wenke auch nicht. Was kann also dahinterstecken – höchstens Weiber.«

Der BdU hatte das Gefühl, daß man genug abgeschweift sei, und sagte: »Jetzt zur Lage, Kapitän.«

6

Ein mittelschwerer Fall

Auf U-500 wartete Wenke die Dunkelheit ab, ließ auftauchen und versuchte, mit großer Fahrt beider Diesel den Walfänger einzuholen. Plötzlich änderte sich das Motorengeräusch aus dem Rumpfinnern. Das Boot lief nur noch mit einer Maschine. Der LI meldete den Bruch einer Brennstoffleitung. Diesel spritzte in den Motorenraum, benetzte die Männer von oben bis unten mit Rohöl. Eilig legten sie eine Blechmanschette um die Bruchstelle. Das Öl, unter Druck stehend, spritzte weiter. Sie umwickelten die Stelle mit Gummilappen und die Lappen mit Lappen. Schließlich tropfte es nur noch. Trotz des Zwischenfalls versuchten sie, den Walfänger so schnell wie möglich einzuholen.

»Dämmerungsbeginn«, meldete der Obersteuermann.

Vom Standsehrohr in der Zentrale machte Wenke einen Rundblick. Er wurde beinahe geblendet. In diesen Breiten tauchte abends die Sonne purpurfarben unter. Gegen den blauen Horizont wirkte das postkartenkitschig. Und immer aus der Sonne heraus stießen unerwartet die Flugzeuge. Wenke wartete, bis das Rotlicht endgültig verschwunden war, dann ließ er auftauchen. Durch die Zentrale hastete ein Matrose mit einer schwervollen Pütz.

»Ein Mann von Zentrale an Deck!« rief er nach oben.

Da herrschte ihn der Bootsmann an: »Bist du wahnsinnig, was willst du mit dem Abfall?«

Der junge Matrose stotterte herum. »Von der Kombüse über Bord.«

Wenke sagte nichts dazu, er hatte seine Leute mehrmals vergattert. Das besorgte jetzt der Bootsmann noch einmal. »Der Abfall schwimmt doch immer obenauf, selbst wenn du ihn ins Schraubenwasser kippst. Schon die Schalen von drei Kartoffeln können uns verraten. Und außerdem – Abfall nur bei absoluter Dunkelheit entsorgen, capito?«

Auf der Brücke glaubte Wenke zu sehen, daß das Kielwasser leicht schlierte. Er rief den LI nach oben. »Wir haben Ölaustritt, Roth.«

»Nicht mehr lange, Herr Kapitän. Durch den Leitungsbruch ist etwas Diesel in die Motorenbilge geraten und wird dort von den Wellenlagern nach außen gedrückt. In ein paar Stunden ist der Dreck weg.«

Im Horcherraum hielten sie ständigen Kontakt mit dem Kanadier. Etwa gegen 23 Uhr hatten sie ungefähr noch eine halbe Meile Abstand.

Wenke erteilte seine Befehle. »Ich tauche auf und setze mich neben ihn. Affenartig die 2cm und das

MG besetzen. Wir leuchten ihn mit dem Turmscheinwerfer an. Mit der 2cm sofort den Funkraum und die Antenne wegballern, damit er keinen Notruf absetzen kann.«

Der Leitende stellte ein Kommando von Maschinisten zusammen und der Bootsmann eine Gruppe von Männern unter Führung des Kochs. Als Wenke den Schatten unmittelbar neben U-500 sah, ließ er anblasen. Zunächst lief alles nach Programm. Die Männer auf dem Kanadier schienen zu wissen, um was es ging, als die 2-cm-Flak die Funkkabine zusammenschoß. Sie stoppten.

Wenke rief auf Englisch mit dem Megaphon hinüber: »Käpt'n, einen Funkspruch oder ein Signal, und ich torpediere Sie. Bleiben Sie gestoppt liegen, wir kommen an Bord.«

Als einer der ersten war der LI drüben. Er stieg in den Maschinenraum, sah, daß der fast nagelneue Trawler moderne Perkins-Dieselmotoren hatte. Er zapfte eine Probe davon ab. Der Diesel war hell und klar. An einem feuchten Papierstreifen machte er die Flämmprobe. Der Treibstoff brannte blau. Nach Geruch und wie er sich zwischen Daumen und Zeigefinger anfühlte, war er für die MAN-Diesel von U-500 geeignet. Inzwischen hatte der erste Maschinenmaat an Deck alle nötigen Schläuche gefunden und konfisziert. Zuerst pumpten sie den Frischwassertank des Trawlers ab. U-500 übernahm so viel kanadisches Quellwasser, bis es oben aus den Stutzen heraussprudelte, etwa zehn Kubikmeter. Dann schlossen sie den grünen Feuerlöschschlauch zwecks Beölung an. Er wurde tief in den Dieselbunker des

Trawlers hineingelassen. Das andere Ende lief hinüber zu U-500. Die Motorpumpe ratterte los. Der Schlauch vibrierte. Mit dem wertvollen Saft füllten sie die Treibstoffzellen. Nach etwa einer Stunde rechnete der LI, daß sie etwa dreißig Tonnen übernommen hatten. Obwohl alles routinemäßig ablief, herrschte vom Trawler zum U-Boot ein ständiges Hin und Her. Das Proviantkommando unter der Leitung des Bootsmannes hatte die Vorräte des kanadischen Walfängers sortiert und alles, was sich für ihre eigene Verpflegung eignete, übernommen: Frischobst, Konserven, Dauerwürste, Dauerbrot. Im Kühlraum entdeckte der Koch halbe Ochsen- und Schweinehälften. Aber sie hatten auf U-500 keinen Kühlraum. Also begnügten sie sich mit einer halben Sau.

»Alles nur Mundraub«, sagte der Koch. »Nehmt noch ein paar Schinken extra mit, Kumpels.«

Zwei Stunden nach Mitternacht war die Operation so weit beendet, daß Wenke dem kanadischen Fischdampferkapitän noch einen guten Rat geben konnte: »Wenn Sie und Ihr Schiff lebend in die Arktis kommen wollen, verhalten Sie sich die nächsten vierundzwanzig Stunden stumm. Ich verfolge Sie, und beim geringsten Notsignal oder SOS versenke ich Sie.«

Der Kanadier war froh, daß es so glimpflich abgelaufen war. Es wäre auch für U-500 glattgegangen, wenn sie nicht plötzlich das Geräusch eines Flugmotors gehört hätten. Tief über dem Wasser kam ein merkwürdig aussehender Doppeldecker herangeschaukelt. Sein Scheinwerfer ging an. Sofort spritzten die Mündungsflammen seiner Maschinengewehre aus den Tragflächen. Der Pilot wollte es offenbar ganz genau wissen. In ungefähr fünf Metern Höhe flog er zwischen dem Trawler und U-500 durch und feuerte, was er hatte, gegen den U-Kreuzer. Doch sein MG-Kaliber kratzte bestenfalls an der gepanzerten Turmverkleidung. Der Pilot wendete zu neuem Anflug. In diesem Augenblick geschah eine Peinlichkeit: Er blieb mit dem Fahrwerk an der großen Antenne von U-500 hängen, kippte kopfüber in die See. Während der Motor abriß und wegtauchte, fielen Rumpf und zwei Tragflächen auf das U-Boot. Das Flugzeug fing nicht Feuer – offenbar war sein Tank ziemlich leer. Der Kanadier hatte sich inzwischen entfernt, und der Wind trieb den Rauch des Flugzeugs weg. Das Achterdeck von U-Wenke war ein wüster Trümmerhaufen von hölzernen Spanten, Stoffetzen, Drähten und Alurohren. Einige Decksplanken waren aufgerissen, aber sonst war an Bord wenig Schaden zu entdecken. Der Turmscheinwerfer erfaßte das vordere Rumpfteil des Flugzeugs. Dort saßen der Pilot und der Beobachter. Blutüberströmt hingen sie in ihren Gurten. Beide waren tot.

Der Turmscheinwerfer leuchtete das Trümmerfeld ab.

»Schmeißt den Schrott über Bord«, befahl Wenke. »Aber mit Beeilung.«

Die Männer an Deck arbeiteten fieberhaft. Mit nacktem Oberkörper zerschnitten sie die Trümmer des Doppeldeckers, warfen sie ins Meer, bis das Deck von U-500 einigermaßen frei war.

Der Leitende machte seine Schadensmeldung. »Es muß uns doch ärger erwischt haben, Herr Kapitän.

Horchanlage außer Betrieb, der Hauptsender nicht funktionsfähig. Der Aufprall hat den Backbord-Diesel aus seinem Fundament gerissen. Boot ist nicht tauchklar.«

»Laßt euch Zeit«, sagte Wenke mühsam beherrscht.

Er wußte, daß sie jetzt als unbewegliches Ziel auf dem Wasser trieben. Er verdoppelte die Wache. Sie suchten immer wieder den Himmel ab, und niemand vermochte das Angstgefühl zu unterdrücken. Endlich meldete der LI das Boot klar. Bei Sonnenaufgang sprangen die Diesel an. Wenke ließ tauchen, bevor seine Männer in der Äquatorsonne zerschmolzen.

Die Offiziere von U-500 saßen beim Frühstück in der Messe. Wenke wandte sich an den II WO, ihren Flugzeugspezialisten: »Was war das für eine komische Kiste, Wächter?«

Der hatte sich eines der Erkennungsbücher geholt. »Ein Swordfish, Herr Kapitän. Der Typ, der die *Bismarck* versenken half. Die Kiste stammt noch aus dem Ersten Weltkrieg und ist mit Tuch bespannt. Aber die Engländer benutzen sie als Aufklärer oder Torpedoflugzeug.«

»Na ja, zum Glück hatte der Vogel seinen Torpedo schon abgeworfen«, meinte der I WO.

»Oder«, schränkte Wenke ein, »er hatte gar keinen dabei, sondern einen Zusatztank. Wie ist denn der Aktionsradius der Swordfish-Doppeldecker?«

»Ungefähr tausend Kilometer«, schätzte der II WO.

Der Obersteuermann holte die Karte. Darauf stellten sie fest, daß von ihrem gegenwärtigen Standort bis zum nächsten Landstützpunkt mehr als zweitausend Kilometer Entfernung lagen sowohl in Afrika, auf den Inseln, als auch in Südamerika.

»Was schließen wir daraus?« stellte Wenke zur Diskussion.

»Die Maschine ist bordgestützt.«

»Das heißt, sie startet von einem Flugzeugträger aus. Mamma mia, dann muß der Träger hier in unmittelbarer Nähe entweder sich bewegen oder vor Anker liegen.«

Die Männer blickten sich an, und am Mienenspiel ihres Kommandanten erkannten sie, was er dachte.

»Schätze, nicht weiter als dreihundert Meilen entfernt«, ergänzte der Obersteuermann.

Sie hatten schon mehrere Flugzeuge beobachtet.

»Welchen Generalkurs nahmen sie von hier aus?«

»Nahezu Ost.«

»Das wäre in Richtung auf die Kapverdischen Inseln. Dann liegt dort der Träger«, war Wenke sicher und setzte mit dem Obersteuermann den neuen Kurs ab.

7

Der Träger

Daß Flugzeugträger für jede Flotte von großer Bedeutung waren, das wußte Wenke. Deshalb standen die Schiffe schließlich unter besonderen Schutzmaßnahmen von Zerstörern und Begleitbooten. Andererseits war Wenke ein erfahrener Kommandant, und er konnte sich auf seine Männer blind verlassen. Die meisten hatten schon mehrere Feindfahrten hinter sich. Sie liefen also stur 85 Grad Suchkurs. Ab und zu ließ Wenke auf E-Maschinen schalten, damit der Horcher seine Arbeit erledigen konnte, ohne von den Eigengeräuschen gestört zu werden. In den Abendstunden glaubte er die unterschiedlichen Echos von Wachbooten zu erkennen, Benzin- und Dieselmotoren. Um nicht selbst geortet zu werden, lief Wenke die letzten fünf Meilen mit einer E-Maschine.

»Absolute Schleichfahrt«, befahl er. »Kein Ton, bitte.«

»Mit Schalldämpfer furzen«, sagte ein Maat.

Durch das Rundblicksehrohr glaubte Wenke, in

Deckung einer Insel die Lichterkette eines größeren Fahrzeugs zu erkennen. Es war mindestens dreihundert Meter lang. Kein Zweifel, es war der Träger. Seine Besatzung fühlte sich hier so sicher, daß sie nicht einmal verdunkelten.

Die Nacht war so finster, daß Wenke sich zum Überwasserangriff entschloß. Um 23.45 Uhr schoß er die ersten zwei Torpedos. Nach Laufzeitende züngelte drüben für Sekunden eine Stichflamme hoch. Es sah aus, als würden Boote zu Wasser gelassen, und Bewacher rasten auf den Träger zu. Wenke war noch etwa zweitausend Meter von dem Träger entfernt, als dort plötzlich die Lichter ausgingen. Er wartete fünfzehn Minuten, ehe er den zweiten Fächer abschoß.

Halb gedeckt von dem Vorgebirge der Insel, lag der Träger noch immer ruhig auf dem Wasser. Der Funkmaat von U-500 meldete, daß der Träger hektisch durchgab, er sei von einem deutschen U-Boot torpediert worden. Scheinwerfer tasteten mit ihren weißen Fingern umher. Vom Träger wurden Flöße zu Wasser gelassen. U-500 zog eine weite Schleife und war jetzt bis auf etwa neunhundert Meter an den Träger heran.

Genau 0.50 Uhr traf der fünfte Torpedo und machte allem ein Ende. Als die Detonation ertönte, gingen auf dem Träger sämtliche Lichter an und kurz danach wieder aus. Durch sein Glas erkannte Wenke, daß der Träger immer noch schwamm. Doch mit einem Mal gab es eine riesige Explosion. Unter ihrer Wucht schienen Bug und Heck auseinandergerissen zu werden. Beide Teile stiegen fast senkrecht in die

Höhe. Dann war der Träger verschwunden. Er hatte eine Stunde der Torpedierung standgehalten, doch sein Untergang hatte letzten Endes nur Sekunden gedauert.

Wenke war erfahren genug, um zu wissen, daß jetzt alles hinter ihnen herjagen würde, was in diesem Seegebiet schwamm. Sein Prinzip war, nach solchen Angriffen mindestens einen Tag völlig zu verschwinden. Er ließ tauchen und nahm nicht Kurs in die Weiten des Südatlantiks hinein, sondern fuhr erst einmal Richtung Afrika, von dort in weitem Bogen über Süd auf Südwest. Die Hitze im Boot wurde bald unerträglich, aber die Männer, inzwischen alle hart geworden, wußten, um was es ging. Im Funkraum saßen sie ständig an ihren Geräten und wurden Zeugen von dem aufgeregten Hin und Her, das sich bis zur Admiralität nach London ausbreitete. In diesem Bereich des Südatlantiks hatte man nicht mit einem deutschen U-Boot gerechnet, und die Spezialisten rätselten noch herum, ob es sich vielleicht um Explosionen im Inneren des Trägers handelte. Jedenfalls waren die Alliierten aufgeschreckt, und Wenke sagte zu seinen Männern: »Ich fürchte, jetzt müssen wir den Helm fester binden.«

Eine Hauptsorge war Wenke los: Für seine sechzig Mann hatte er genügend Proviant und für die zwei Diesel ausreichend Treibstoff. Doch eines war ihm absolut klar: Im atlantischen Seeraum war jetzt alles auf der Hut vor einem einzelfahrenden U-Boot.

Er setzte sich mit dem erfahrenen Obersteuermann

zusammen. Der wußte, daß Wenke den Pazifik als günstiges Operationsgebiet bevorzugte.

»Aber vom Äquator um Kap Hoorn herum bis wieder auf null Grad Breite zwischen den Galapagosinseln und Australien, das ist ein riesiges Stück Ozean. Da sieht es schlecht aus mit fetter Beute.«

Sie kamen zu dem Ergebnis, daß sie im Indischen Ozean viel mehr Schiffsbegegnungen haben würden, außerdem war der Weg um die Südspitze von Afrika herum nach Asien kürzer.

»Unsere Torpedos gehen zu Ende«, sagte Wenke. »Daß wir uns von einem Versorger bedienen, damit rechne ich gar nicht, aber in Asien gibt es zwei U-Boot-Stützpunkte. Penang und Valparaiso.«

Der Obersteuermann schätzte kurz die Entfernung. »Zehntausend Seemeilen, das ist halb um die Erde rum«, äußerte er in seiner ruhigen Art. Aber wie er es sagte, klang es, als stünde ihnen eine Expedition ins Erdinnere bevor.

Der Obersteuermann, ein gewissenhafter Navigator, hatte natürlich auch zögernd die Magellanstraße erwähnt. »Hier würden wir den Weg um Kap Hoorn abschneiden.«

»Stürme machen einem U-Boot nichts aus«, meinte Wenke. »Es ist das sicherste Fahrzeug, das es gibt, bei jedem Wetter.«

»Aber die Magellanstraße packen wir nicht ohne Lotsen«, fürchtete Nagel. »Da möchte ich nicht einmal mit einem Segelboot durch diese Passage. Ist ja nicht der Bodensee.«

Das Wort Bodensee schien Wenke an irgend etwas zu erinnern. »Stammen Sie vom Bodensee, Nagel?«

»Aus Seemoos«, sagte dieser.

»In Seemoos«, erzählte Wenke, »war ich als junger Oberleutnant Instruktor für die Marine-Hitlerjugend. Ein Kommando in den Sommermonaten. War eine schöne Zeit dort.«

»Hat Ihnen unser See gefallen, Herr Kapitän?«

Wenke konnte nicht ja und nicht nein sagen. Es war eine wunderschöne Zeit gewesen mit allzu bitterem Ausgang. Also nickte er nur, und sie sprachen weiter über nautische Angelegenheiten.

8

Gejagt

Korvettenkapitän Wenke hatte die strikte Anweisung erlassen, im Boot nichts davon zu erwähnen, wenn sie den Äquator überschritten. Er haßte diesen schabernäckischen Hokuspokus. Auch von der Besatzung, die gewöhnlich alles mitbekam, schien niemand das Ereignis bemerkt zu haben. Nach der Versenkung des Trägers hatte die Luftaufklärung merklich nachgelassen. U-500 wagte sogar bei Tage Überwasserfahrt. Die Wachoffiziere, der LI und Wenke saßen beim Frühstück in der O-Messe. Es gab noch Weißbrot vom kanadischen Fischdampfer, an manchen Stellen schon leicht verschimmelt. Der I WO war sichtlich besserer Laune als in den Tagen vorher.

»Gute Post von zu Hause?« fragte der II WO spöttisch.

Die Antwort lautete völlig unerwartet: »Jetzt sind wir keine Deserteure mehr«, sagte Winzer.

»Waren wir nie«, bemerkte der LI. »Es war immer reine Selbstverteidigung.«

Wenke hatte alles mitangehört. Offenbar hatte seine Männer die Versenkung des Trägers wieder zu dem gemacht, was sie eigentlich zu sein glaubten: U-Boot-Leute am Feind.

»Ich will Ihnen etwas sagen«, begann er. »Ein Deserteur ist etwas ganz anderes, nämlich ein Boot, das hinausfährt in der vollen Absicht, nicht zu kämpfen, sondern in der Südsee bei den Inseln oder in Indochina für immer zu verschwinden. Denke, davon kann bei uns keine Rede sein.«

Der Funkmeister störte die Unterhaltung. »Neue Meldungen von BBC London. Ich hab' leider zu wenig Englisch drauf, Herr Kapitän. Es dürfte sich aber um den Flugzeugträger *Matador* handeln.«

Wenke unterbrach sein Frühstück und folgte ihm ins Funkschapp. Offenbar dauerte die Sache länger, denn er kam erst fünfzehn Minuten später wieder und berichtete. »Es war tatsächlich der Träger *Matador*, gebaut 1939 in einer schottischen Werft in Thyne. 34 000 Tonnen, Länge 340 Meter, 110 000 Turbinen-PS. An Bord fünfundsechzig Flugzeuge und zweitausendzweihundert Mann Besatzung. Offenbar rätselt die britische Admiralität daran herum, ob es eine Explosion im Inneren des Trägers war oder vielleicht ein japanisches U-Boot. Jedenfalls kommt weder aus Berlin noch aus Tokio eine Bestätigung.«

Allmählich näherten sie sich dem zehnten Grad südlicher Breite. Weit im Osten an Afrikas Küste lagen der Kongo und im Westen die Küste Brasiliens, die Amazonas-Mündung.

Die Posten auf der Brücke waren schon seit Wochen geeicht, nach Flugzeugen Ausschau zu halten. Die gab es aber kaum. Doch dann meldete ein Ausguck Masten am Horizont, zweifellos eine Horde von U-Boot-Jägern. Wenke ließ tauchen und auf Gegenkurs gehen. Er war der letzte, der den Lukdeckel hinter sich zuzog.

Im Periskop erkannte er, daß sich die Verfolger näherten. Ihr zirpendes Ortungsgerät Asdic war genau zu hören. Bald kamen die ersten Wasserbomben. Sie fielen sehr ungenau, aber das würde nicht lange anhalten. Die rhythmischen Schläge ihrer Explosionen kamen immer näher. Mit jeder explodierenden Wasserbombe machte der Zentralemaat einen Strich auf dem Schwarzen Brett. In der Ecke zählte einer mit, während die anderen auf ihren Plätzen kauerten. Der Mann kam bis vierunddreißig, als eine Detonation sehr nahe lag und das Boot hochwarf. Es fiel zurück, hatte aber achterne Trimmlage. Der Zentralemaat pumpte einen halben Kubikmeter in die vorderen Tanks. Der Leitende geisterte durch das Boot und kontrollierte die Rohrdurchlässe zur Außenwand.

»Gute Arbeit der Deschimag Werft Bremen.«

Die Stahlhülle schien unter den hämmernden Schlägen zu beben. So ging es, bis der Verfolger keine Wasserbomben mehr hatte.

Nach vier Stunden und etwa siebzig Strichen auf seiner Tafel meinte der Maat: »Jetzt wird er langsam nach Hause zittern.«

Im Schutze der Dunkelheit tauchte U-500 auf. Selbst am Abend war die Hitze noch unerträglich. Mit entblößtem Oberkörper saßen die Männer herum und japsten nach Luft. Bei Dunkelheit durfte sich die Freiwache jedesmal in der See erfrischen, was bei dem geringen Temperaturunterschied aber nicht lange anhielt. Die Verfolgungen, die fernen oder nahen Maschinengeräusche, hörten auf. Dafür wurde das Wetter unfreundlich.

»In diesen Breiten ist das Wetter meistens schlecht«, sagte der Obersteuermann lakonisch. »Manchmal schlechter und dann wieder nur schlecht.« Das bedeutete aber nicht, daß trotz des sturmähnlichen Windes auch die Temperatur sank. Tagelang hatten sie keine Begegnung auf See, bis der erfahrene Obersteuermann einmal meinte: »Das Ganze ist mir eine Nummer zu britisch. Die Hunde haben irgend etwas vor.«

Zunächst war nicht erkennbar, was der Gegner plante. U-500 erreichte ungehindert 35 Grad Süd, ging auf Kurs 85 Grad und passierte mit Abstand die Südspitze Afrikas, das Kap der Guten Hoffnung. Wenke ließ abermals den Kurs mehr in Richtung Nord ändern.

»Auf der Höhe von Madagaskar müßten wir doch verdammt Beute machen, oder?«

Die See aber blieb wie leergefegt, als hätten alle Angst vor dem Geister-U-Boot, das auftauchte, zuschlug und wieder verschwand. Schon halbwegs zwischen Madagaskar und Mauritius hindurch, Richtung Indischer Ozean, entdeckte der Ausguck am Horizont schwarzen Rauch. Nach einer Weile wanderten Zerstörermasten aus dem Horizont. Wenke ließ tauchen und hielt auf den Gegner zu. Es war ein uralter südafrikanischer Zossen, der noch mit Dampfmaschinen und Kohle fuhr. Am Nachmittag gegen 15 Uhr ließ Wenke die Besatzung Gefechtsstationen beziehen. Es war fast wie eine Erlösung für die Leute. Der alte Zerstörer besaß offenbar kein Asdic und nur ein unzureichendes Sonargerät. Er lief Wenke geradezu vor die Rohre. Für den alten Zerstörer opferte er nur einen Torpedo. Er gab die Werte in den Turm, der Rechner übertrug sie an den Torpedo, Wenke gab den Schuß frei.

Die Zeit lief, und es gab keine Explosion. Entweder Torpedoversager, oder er hatte daneben geschossen, was er aber nicht glaubte. Wenke opferte einen weiteren E-Torpedo, doch erst der dritte traf. Er erwischte den Zerstörer etwas achterlich vom Maschinenraum. Es gab keine großartige Explosion, der alte Kasten sank still und leise. Es war kein überwältigendes Erfolgserlebnis.

U-500 blieb getaucht, und Wenke wandte sich an den Torpedomaat: »Zwei Versager, wie ist das möglich?«

»Wir regeln die Torpedos täglich durch, Herr Kapitän, auch den Tiefensteuerapparat und den Geradelaufapparat selbstverständlich.«

»Ich vermute, daß ein Torpedo unter dem Zerstörer hindurchlief und der zweite schon unterwegs schlappmachte.«

Die Torpedoleute prüften die wenigen Aale, die sie noch hatten, auf das genaueste durch. Der Maat kam mit ziemlich betrübtem Gesicht, um seine Meldung zu erstatten.

»Es muß an den Batterien liegen, Herr Kapitän. Wegen der Hitze. Und Lufttorpedos haben wir nicht mehr.«

Bald hatten sie überhaupt keine Torpedos mehr.

Die Männer saßen in der heißen Zentrale halbnackt und schwitzend herum – der Zentralemaat an Steuerbord an seinen Trimmrädern, zwei Matrosen zwischen den Tiefenrudern und dem Hauptruder.

Und dann kam vom Leitenden noch eine Hiobsbotschaft: »Der Trinkwasserbereiter ist ausgefallen, Herr Kapitän.«

»Was haben wir noch an Frischwasser?«

»Vielleicht zwei Kubik.«

Wenke verschwand im Funkschapp und sprach mit dem Funkmeister. »Fangen Sie auch Signale von deutschen U-Booten auf?« fragte er.

»Nur die üblichen Kurzmeldungen, Herr Kapitän, die sechs Buchstaben.«

»Horchen Sie sie ab. Wir müssen einen Versorger treffen, brauchen dringend Torpedos.«

Die Spezialisten arbeiteten fieberhaft am Trinkwasserbereiter und brachten ihn so weit, daß er wenigstens genug entsalztes Meerwasser lieferte, daß sie Wasser für die Batterien hatten und für jeden Mann der Besatzung ungefähr einen Liter am Tag – eine weitere Schinderei.

Noch vor Eintritt der Dämmerung meldete die Brückenwache auf 80 Grad West, etwa zwischen den Kokosinseln und den Seychellen, eine Rauchfahne am Horizont. Durch das schwere Glas glaubte Wenke einen einzeln fahrenden Dampfer zu erkennen.

»Das ist ein Riesenpott, Herr Kapitän«, sagte der Obersteuermann.

»Können Sie hellsehen?«

»Ich fühle jedes versenkte Schiff im voraus, Herr Kapitän.«

Der Einzelfahrer lief mindestens zehn Knoten mit Kurs 145 Grad. Als sie wußten, daß es sich um einen Tanker handelte, mindestens zwölf- bis vierzehntausend Tonnen, meinte der Obersteuermann: »Der kommt aus dem Persischen Golf und läuft Australien an.«

Sie waren alle ziemlich sicher, daß das Schiff ihre Beute würde. Wenke ging auf Parallelkurs und näherte sich dem Tanker in spitzem Winkel. Immer wieder warf er einen Blick durch das Sehrohr, konnte aber keinen Bewacher erkennen. Auch das Luftzielsehrohr zeigte freien Himmel. Darum griff er an.

Das Ding kam riesig und grau gegen die untergehende Sonne heran.

Wenke opferte zwei Torpedos. Beinahe spürte er Enttäuschung darüber, daß es so einfach werden sollte.

»Rohr eins und zwei fertig. Gegnergeschwindigkeit elf Knoten. Tiefe vier Meter.«

Die Werte wurden in den Bugraum weitergegeben und bestätigt.

»Torpedo los!« befahl Wenke.

Als er die leichte Erschütterung des Boots spürte, drückte er auf seine Stoppuhr. Dreißig Sekunden ... fünfundvierzig ... aber nichts geschah. Er sah den dicken Tanker mit dem hellgrauen Rumpf weiter im Okular.

»Rohr drei und vier klarmachen!« befahl er schweren Herzens. Es waren seine letzten Aale.

Und dann wieder das Starren auf die Zeiger der Stoppuhr. Nach zwei Minuten noch immer nichts. Auch die letzten zwei Torpedos hatten nicht getroffen. Wenke überlegte, ob er die Geschwindigkeit des Frachters unterschätzt hatte und ob es seine Schuld war, daß die Torpedos fehlliefen. Rasch entschlossen befahl er aufzutauchen.

Das Bedienungspersonal für die Kanone stand bereit und war als erstes oben. Nach weniger als einer Minute hatte die 10,5 cm SK L/45 das Ziel aufgefaßt und sich eingeschossen. Wie gute Artilleristen trafen sie mit der dritten Salve das Ziel. Der Tanker verringerte seine Geschwindigkeit nicht, funkte aber SOS.

»Rotzt raus, was aus dem Rohr geht!« trieb der Geschützführer seine Männer an.

Nach etwa fünfunddreißig Schuß mit Sprenggranaten zeigte der Tanker Wirkung. Eine Granate hatte die Brücke weggerissen, eine andere auf der Wasserlinie, wahrscheinlich im Maschinenraum, getroffen. Bald hing über dem Tanker eine graue Rauchwolke. Explosionen bestätigten, daß er wahrscheinlich tödlich getroffen war. Er hatte aufgehört zu funken und begann jetzt achtern wegzusacken.

Wenke ließ das Geschütz weiterfeuern, bis sicher war, daß der Tanker nicht mehr so lange treiben würde, bis Hilfe herbeikam. Dann ließ er die Geschützbesatzung einsteigen. Die an Deck herumliegenden Berge von Kartuschen würde die See wegspülen.

U-500 tauchte.

Da sie keine Torpedos mehr hatten, brauchten sie sich wegen der fehlerhaften Aale keine Sorgen zu machen. Der Funkmaat meldete, daß ganz in der Nähe eine große Seekuh, eines der Versorgungs-U-Boote, eine Funkmeldung abgesetzt hatte. Sie versuchten, sich dem angegebenen Standort zu nähern, und hatten am nächsten Morgen tatsächlich Sichtkontakt.

Wenke ließ hinübermorsen: »U-439, Kapitänleutnant Kirschner. Brauchen dringend Torpedos. Sind völlig leergeschossen.«

Der Versorgerkommandant morste zurück, daß er nur noch einen Torpedo für Notfälle im Rohr habe und alle Torpedos auf dem deutsch-japanischen Stützpunkt Penang verblieben seien. Fluchend wünschte Wenke eine gute Heimreise und tauchte sofort ab, um neugierigen Fragen zu entgehen.

Unten wandte er sich an seinen Navigator, Obersteuermann Nagel: »Wir müssen einen Stützpunkt anlaufen und dort den dicken Maxen spielen. Penang oder Valparaiso, was schlagen Sie vor?«

»Penang liegt näher, Herr Kapitän.«

»Setzen Sie den Kurs ab«, befahl Wenke.

9

Die Admirale des Königs

Im Londoner Herbstregen sah das mächtige rote Backsteingebäude noch trauriger aus als gewöhnlich, aber hinter jedem Fenster brannte Licht, es war also belebt. Im ersten Stock tagte der Stab. Die Engländer waren praktisch veranlagt. Sie verbanden die Lagebesprechung meist mit Teatime. Admiral Harris, der dienstälteste Offizier, leitete die Runde in dem mahagonigetäfelten Sitzungszimmer. Nach dem Alltagskram, wo es um Güter und Dampfer ging, die von deutschen U-Booten unbehelligt bis England gekommen waren, und sonstigen weniger wichtigen Ereignissen im Küstenbereich kam der Admiral zu seinem Lieblingsthema dieser Woche.

»Wie unsere Fachleute festgestellt haben«, las er von einem Notizblatt ab, »ist der Untergang des Trägers *Matador* nicht auf eine innere Explosion zurückzuführen. Feindliche U-Boote gibt es aber auch nicht in diesem Seegebiet. Wer also hat die Torpedos auf den Träger abgefeuert?«

»Hinzu kommt«, erklärte der Pressereferent der Admiralität, »daß in Berlin die Sache kaum Erwähnung findet. Normalerweise donnern tagelang die Fanfaren über jeden Erfolg. Diesmal kaum eine Nachricht auf Seite vier. Das ist absolut untypisch für das deutsche Oberkommando und den Befehlshaber der U-Boote.«

»Sofern es ein deutsches U-Boot gewesen ist.«

»Was sonst? Ein Japaner etwa? Erstens operieren Japaner nicht bis in den mittleren Südatlantik, zweitens traue ich einem japanischen U-Boot-Kommandanten einen solchen Husarenstreich gar nicht zu. Das schaffen vielleicht Kapitänleutnant Günther Prien und noch eine Handvoll anderer, aber Japaner, no!« Admiral Harris dämpfte durch seine ruhige Sprechweise die aufkommende Erregung. »Wie Sie wissen, Gentlemen, haben wir durch den Besitz der Enigma auch den deutschen U-Boot-Code entschlüsselt. Vom Befehlshaber der U-Boote gingen keine entsprechenden Kommandos aus. Wir stehen, ehrlich gesagt, vor einem Rätsel. Hat Dönitz, der Fuchs, hier eine völlig neue Taktik entwickelt, oder um was, bitte, soll es sich bei diesem geheimnisvollen U-Boot handeln? Um Kapitän Nemo?«

»Die deutschen Monsun-Boote sind meist nach Ostasien unterwegs, ohne sich im Südatlantik auf Scharmützel einzulassen. Sie haben Angst vor zu viel Aufklärung durch Flugzeuge.«

»Sind ja auch schon eine Masse Monsun-Boote untergegangen.«

Der IA der Admiralität faßte zusammen: »Ein modernes U-Boot unbekannter Nationalität hat sich von einem kanadischen Fischdampfer mit Dieselkraftstoff, Wasser und Lebensmitteln versorgt. Dabei kam es zum Absturz eines Aufklärers, der auf dem Flugzeugträger stationiert war. Wenn es sich, wie wir annehmen, um ein deutsches U-Boot gehandelt hat, folgte der Kommandant dem Kurs der abfliegenden Aufklärer. Das führte ihn genau zum Versteck des Trägers. Dort schlug er dann, wie bekannt, mit vier oder fünf Torpedos zu. Ein U-Boot wurde später auch südlich von Trinidad, nahe dem Wendekreis, ausgemacht und mit Wasserbomben verfolgt. Ohne Ergebnis. Zehn Tage später explodierte der alte südafrikanische Zerstörer Z14 durch Torpedotreffer und wiederum zwei Wochen später im Indischen Ozean ein australischer Frachter. Die *Apollonia* kam vom Persischen Golf mit Rohöl und wollte nach Freemantle. Das U-Boot tauchte neben dem Tanker auf und schoß ihn mit seiner Bordkanone zusammen, bis er explodierte und unterging. Was, Gentlemen, dürfen wir daraus schließen?«

»Er hatte keine Torpedos mehr«, hörte man von links.

Admiral Harris kam nun zum Höhepunkt und zum Ende seines Vortrags: »Feindliche Torpedos abzufangen und auf ihre Herkunft zu schließen ist so gut wie unmöglich. Aber das da ...« Er griff nach einem stählernen Gegenstand, der vor ihm lag und aussah wie die untere Hälfte einer zersprungenen Flasche, das Ding war am Rand unregelmäßig gezackt und aus Stahl, »der Rest einer Explosivgranate fand sich in einem Rettungsboot der *Apollonia*. Der zuständige australische Offizier schickte mir das Indiz sofort per Flugzeug, und ich habe es untersuchen lassen.«

Jeder der Anwesenden war nun neugierig auf das Ergebnis.

»Der Stahlanalyse zufolge handelt es sich um verhältnismäßig einfachen, nicht etwa hochlegierten Stahl, so wie er von den Munitionsfabriken verwendet wird. Ziemlich sprödes Material, aber der Hersteller ist eindeutig, nämlich eine Gießerei der Firma Krupp in Essen.«

»Also deutscher Herkunft«, wurde eingewendet.

»Das besagt noch nicht hundertprozentig, daß der Versenker der *Apollonia* ein deutsches U-Boot war. Deutsche Munition wurde vor dem Krieg in die ganze Welt verkauft.«

Im wesentlichen lief es jedoch darauf hinaus, daß mit einem deutschen U-Boot unter Anwendung einer neuen U-Boot-Taktik zu rechnen war.

Der Stabschef, Admiral Harris, zog seine Schlußfolgerung: »Nennen wir es U-X. Die größte Sorge des Kommandanten dürfte sein, sich Torpedos zu besorgen. Und wo holt er sich die? A: Von einem Versorger. Die liefern ihre Torpedos aber meist bei den Stützpunkten ab. Käme also B, der japanische Stützpunkt Penang, in Frage.«

»Oder Surabaya«, wurde ergänzt.

Außerdem wandte einer der U-Boot-Fachleute ein: »Nach so langer Fahrt von einem deutschen U-Boot Stützpunkt bis, sagen wir einmal, ins Chinesische Meer benötigen alle mir bekannten deutschen U-Boot-Typen einen Batteriewechsel. Den können sie nur in Tokio kriegen.«

Es wurde entschieden, daß das ganze Seegebiet zwischen der Malakkastraße und dem Südchinesischen Meer, also von Sumatra bis Neuguinea, schärfstens zu überwachen sei.

»Er kann überall auftauchen«, äußerte Admiral Harris besorgt. »In der Bengalischen See ebenso wie vor Sumatra oder Borneo. Gentlemen, ich brauche nicht zu betonen, daß bis hinauf zum Lord Admiral größte Beunruhigung herrscht und man um Aufklärung mit höchster Dringlichkeitsstufe bittet.«

Der Regen pladderte immer noch gegen die Fensterscheiben. Die Dunkelheit war über London hereingebrochen. Ein Matrose hatte die schwarzen Papierrollos innen vor die Scheiben gezogen.

Die Kriegslage interessierte hier jeden, nur das Wetter richtete sich nicht danach. Dem Wetter war die Kriegslage egal.

10

Wasser und Torpedos

U-500 war jetzt drei Monte auf See. Jeder Mann stank wie tausend Affen. Mit ihrer Energie und Spannkraft waren fast alle am Ende. Zudem funktionierte der Süßwasserbereiter immer noch nicht, und täglich meldete der LI dem Kommandanten den Vorrat an Frischwasser. Da sah es etwa so aus wie bei den Torpedos – null Aale, bald null Trinkwasser. Die besten Spezialisten des Leitenden arbeiteten immer noch am geheimen Inneren des Trinkwasserbereiters. Seine Eingeweide sahen etwa aus wie eine Mischung aus Waschmaschine, Kühlschrank und Radioapparat.

Der LI faßte die Erkenntnisse kurz zusammen: »Das Prinzip der Frischwasserbereitung beruht auf Verdampfung. Das gereinigte Seewasser wird erhitzt, der Dampf kondensiert, und das zurückbleibende Salz wird ausgespült. Nun gibt es da eine kritische Zone, und das ist die Erhitzung des Wassers. Das besorgt eine Art Miniaturtauchsieder, und an dem liegt es. Er bringt kaum noch Leistung. Dadurch tröpfelt das Süßwasser nur noch.«

»Kann man denn das Ding nicht erneuern?« polterte Wenke verärgert.

»Haben Sie schon mal einen Tauchsieder repariert, Chef? Da befindet sich das elektrische Heizelement in einem meist spiralförmig gebogenen Metallrohr. In unserem Fall ist diese Wendel etwa im zweiten Drittel unterbrochen, vermutlich Materialschaden. Wir versuchen, das alles hinzukriegen, aber bei einem Liter Wasser pro Mann pro Tag steht das die Besatzung nicht mehr lange durch.«

In den nächsten Stunden kam eine einigermaßen brauchbare Meldung vom Obersteuermann. Sie befanden sich jetzt im Seegebiet bei ungefähr 10 Grad Nord und 80 Grad Ost. Gemeinsam mit Wenke studierte er die Karte. Der Bereich umschloß den Chogos Archipel, Hunderte von einsamen Inseln. Im Segelhandbuch stand, daß es auf jeder der Inseln zahlreiche Süßwasserquellen gab. Der Obersteuermann vermutete, daß dort weder großartige See- noch Luftaufklärung betrieben wurde.

Sie änderten also den Kurs und liefen nach Nordosten, was sie von ihrer Generalroute Penang nicht allzuweit entfernte. Tage später meldete der Ausguck die ersten Inseln. Es war navigatorisch einigermaßen schwierig, sich zwischen ihnen zurechtzufinden, weil sie alle nahezu gleich aussahen, aber Wenke hatte eine bestimmte im Auge. Flaches Land, Dschungel, Palmen.

Sie fuhren noch weiter, suchten zwei Tage und eine Nacht herum. Die Tage waren glühend heiß, in der

Nacht boten die Sternschnuppen am südlichen Himmel mitunter den Anblick eines Feuerwerks.

Der Steuermann sagte: »In Topura rauscht ein Wasserfall direkt am Strand über einen senkrechten Felsen ins Meer. Tiefe dort vierzig Meter.«

»Da kommen wir hin«, meinte Wenke erleichtert.

Er besprach sich mit dem Leitenden. Sie beschlossen, das Wasser mit einem ausgespannten Segeltuch aufzufangen und gleich in die Süßwasserzellen zu leiten.

Roth kam auf die Idee, die Persenning der Kanone dazu zu verwenden. »Mit dem breiten Ende fangen wir das Wasser ab, und mit dem Schlauch, der normalerweise das Rohr verhüllt, leiten wir das Wasser in den Deckverschluß.«

Es war an einem Morgen, als sie die Insel gefunden hatten. Niemand zeigte sich am Strand oder in dem Dorf unter den Palmen. Langsam verholten sie zu dem Wasserfall und begannen mit dem Auffangen.

»Rein wie Mineralwasser«, sagte der Koch und ließ das Schlauchboot klarmachen.

Er sollte Frischobst und Gemüse beschaffen. Die Frischwassertanks waren bald voll. Es wurde später Nachmittag. »Schade, daß es hier nicht auch eine Quelle für Dieselöl gibt«, äußerte der Leitende, »da kauen wir auch schon bald auf dem Zahnfleisch.«

Mit dem letzten Licht kam der Koch mit vollem Schlauchboot angerudert. Sie verstauten die Bananen, die Ananas, die Kokosnüsse, die Kürbisse und das Gemüsezeug, das abgeblich alles eßbar war, im Inneren des Boots. Dann ließ Wenke tauchklar machen. Sie hatten schon Kurs auf die Malakkastraße, der I WO war auf dem Turm mit der Steuerbordwache. Wenke lag nachdenklich auf der Koje in seinem Schapp, als er ein Geräusch vernahm, das zunächst nicht logisch zu definieren war. Etwas prasselte, als ginge die Dusche. Ächzend stand er auf und rief den Bootsmann.

»Schauen Sie doch mal nach, was da los ist im WC«, ordnete er an.

Das Schott zu WC und Waschraum war innen versperrt. Der Bootsmann öffnete mit seinem Vierkant und verstummte vor Staunen. Er winkte dem Kommandanten. Der fand dasselbe vor wie Kupfer – nicht etwa ein Soldat stand unter der Dusche, sondern ein nacktes, sehr hübsches Eingeborenenmädchen, das nichts außer einer goldenen Kette mit einem Amulett um die Hüften trug. Es hatte sich mit Salzwasserseife eingeschäumt und war gerade dabei, sie wegzuschwemmen. Im Moment wußte Wenke auch nicht, wie er reagieren sollte.

»Nie hat«, murmelte er, »eine Frau an Bord eines U-Boots Glück gebracht.« In der Zentrale nahm er das Mikrophon. »Alles herhören. Wir haben einen blinden Passagier weiblichen Geschlechts an Bord. Wem gehört diese kleine schwarze Hulahula-Person?«

Es dauerte nicht lange, da meldete sich der Koch, ein schmalblasser blonder Junge aus Friesland, knapp zwanzig Jahre alt. »Sie ist einfach mitgekommen, Kapitän.«

»Mit dem Obst und dem Gemüse.«

»Sie hat mir gezeigt, wo es wächst und was eßbar ist.«

»Werfen Sie sie trotzdem von Bord.«

Der Koch stotterte verlegen herum und sagte schließlich: »Sie ist eine Häuptlingstochter, Käpt'n.«

»Werfen Sie sie trotzdem über Bord.«

Vor irgendwelchen diplomatischen Verwicklungen fürchtete sich Wenke nicht. Außerdem waren die Bewohner dieser Inseln alle vorzügliche Schwimmer.

Der Koch erzählte noch eine weitere unglaubliche Geschichte: »Sie hat auf dem Festland gearbeitet und sich dort in einen Japsen verliebt. Ihr Vater erfuhr davon, holte sie nach Hause, und auf der Insel soll sie nächste Woche einen Kanaken heiraten. Deshalb wollte sie wohl weg.«

»Unter Rhabarber und Petersilie.« Wenke interessierte diese indonesische Liebestragödie wenig. »Sie muß von Bord«, entschied, er »innerhalb von zehn Minuten.«

Der Koch zog den Kopf ein und war in Gänze der Ausdruck schlechten Gewissens. Aber irgendwie zeigte der Bursche Mut und fügte zu seiner Erklärung noch etwas hinzu: »Sie hat drei Jahre in Penang gearbeitet, als Küchenhilfe und im Lazarett. Sie kennt vermutlich den Hafen und alle Einrichtungen sehr genau, Herr Kapitän.«

Bis Wenke die Erleuchtung kam, das dauerte nur Bruchteile von Sekunden. Sie hatten keine Karte des Hafens von Penang, wußten also nicht, wie es dort aussah, wo in welchem Becken an welcher Pier was in welchen Schuppen lagerte.

»Kommando zurück«, entschied er und wandte sich an den I WO. »Sie schnappen sich die Dame, sobald sie sich bekleidet hat. Möchte nicht, daß meine

Männer hier in sexuelle Unruhe geraten. Dann setzen Sie sich mit ihr zusammen, mit einem Bogen Papier und einem Bleistift. Holen Sie aus ihr heraus, was geht, und versuchen Sie, eine Skizze des Penang-Bereichs anzufertigen.«

Eine schwierige Aufgabe, die aber der I WO nicht ungern in Angriff nahm.

Langsam versank die verschwiegene kleine Insel am Horizont. Sie nahmen Kurs Singapur, aus dem die Japaner die Engländer längst vertrieben hatten, und dann etwa 260 Grad hinauf in die Malakkastraße.

11

Penang

Von der malaysischen Schönheit wußten sie, daß es vor der Hafeneinfahrt von Penang eine Klippe gab und darauf ein Häuschen. Jeder, der die Hafeneinfahrt suchte, mußte dort vorbei. Wenke ließ mit der Fahrt zurückgehen und mit dem Handscheinwerfer irgend etwas hinübermorsen.

Beim zweiten Versuch trat drüben aus dem Haus ein Mann in Khaki, blinkte eine Antwort zurück, lief zum Anleger, sprang in einen motorisierten Kahn und fuhr auf sie zu.

»So weit sind die Angaben der Dame zutreffend«, sagte der Obersteuermann. »Es ist der Hafenlotse.«

Der Japaner kam an Bord. Wenke machte das, was üblich war – er beschenkte den Japaner erst einmal, in diesem Fall mit der U-Boot-Schokolade Scho-ka-Kola in Dosen und einer Stange erbeuteter kanadischer Zigaretten. Der Japaner verbeugte sich freudestrahlend mehrmals, erklomm den Turm und gab auf englisch die Kommandos, mit denen er U-500 durch die Untiefen und an den Wracks gesunkener Schiffe vorbei durch die Mole steuerte.

Wenke wandte sich an seinen I WO: »Die Sonne geht bald auf. Ich glaube, der Zeitpunkt ist günstig. So früh schlafen alle noch halbwegs.«

Und deshalb wagte er es. Mit langsamer Fahrt liefen sie um einen halbversunkenen japanischen Zerstörer herum, schräg hinüber zu der grünfeuchten, algenbewachsenen Kaimauer, an der die Wellen hochklatschten. Etwa fünfhundert Meter entlang der Kaimauer befanden sich Lagerschuppen und an deren Ende ein steinernes Gebäude mit Fahne am Mast und einem Posten davor.

»Stimmt«, sagte der I WO, »das ist die Hafenkommandantur.«

Wenke befahl seinen Stoßtrupp, der in der Zentrale bereitstand, an Deck. Die Männer trugen Stahlhelme, die Hosenbeine hatten sie in die Seestiefel gesteckt, und alle waren bewaffnet. Einer erkletterte die Steigeisen, die zum Pier hinaufführten, nahm die Leinen in Empfang und holte sie um die Poller fest.

»Jetzt geht's los, Leute.«

Der Bootsmann hatte inzwischen einen Bart wie Kaiser Wilhelm. Er wollte ihn lang wachsen lassen, aber die Gefahr, daß er mit dem Bart in die Maschinerie geriet, war zu groß. Also hatte Wenke befohlen, die Bärte jeweils einen Finger breit unter der Kinnspitze abzuschneiden. Der Bootsmann ließ die neun Mann exerziermäßig in Dreierreihe antreten. Stramm marschierten sie los.

Der Posten am Büro des Hafenkommandanten wußte nicht recht, wie er sich verhalten sollte. Er salutierte, als er Korvettenkapitän Wenke mit seinem Ritterkreuz sah.

Wenke fuhr ihn an: »Wo liegen die Torpedos?«

»Schuppen drei, Herr Kapitän.«

Wenke schickte die drei Torpedomixer los. Sie sollten sich informieren. Was sie brauchten, wußten die Leute selbst: T-4 und T-5.

»Schafft euch notfalls mit Gewalt Zugang.« Dann wandte er sich an den Posten. »Wo ist der Hafenkommandant?«

»Kapitänleutnant Hübner weilt in seinem Büro, erster Stock.«

Wenke ging allein hinauf, trat ohne anzuklopfen ein und schnarrte kurz: »Korvettenkapitän Lauenbach, U-573, zur Torpedoübernahme.«

Mehr als erstaunt blätterte der Hafenkommandant in seinen Papieren und schien nichts zu finden. »Ich habe weder aus Berlin noch aus Tokio eine Anweisung vorliegen.«

Darauf ging Wenke gar nicht ein. »Geheimeinsatz mit Funkstille«, erklärte er im Befehlston. »Ich brauche mindestens vier A-Torpedos und sechs E-Torpedos. Und Zaunkönige, so viele Sie haben.«

Der Hafenkommandant, grauhaarig, schon ein älterer Kapitänleutnant, zuckte mit den Schultern und entgegnete schwach: »Bedaure, Herr Kamerad.«

»Für Sie nicht Kamerad, sondern Korvettenkapitän«, bellte ihn Wenke an und machte den verdutzten Hafenkommandanten sofort fertig. »Wenn Sie uns nicht versorgen, werde ich Sie mit Waffengewalt daran erinnern müssen, aus welchem Holz wir geschnitzt sind. Nach zwanzigtausend Seemeilen lasse ich mich nicht einfach so abfertigen. Falls Sie sich weigern, wird man Sie kriegen. Wegen Zersetzung der Wehrkraft.«

Der Offizier fiel auf den Bluff herein, wollte aber das Telefon abheben.

Blitzschnell riß Wenke das Kabel aus der Dose. »Schreiben Sie die Anforderung aus, Hauptmann!«

Wieder schien der Hafenkommandant zu zögern. Wenke ging zur Tür und ließ drei seiner bewaffneten Leute eintreten. Das half.

Der Kapitänleutnant schrieb die Anforderung aus.

Normalerweise dauerte die Übernahme von Torpedos einen halben Tag.

»Wir müssen das in zwei Stunden schaffen«, trieb Wenke den II WO an. »Ehe die Marinefeldpolizei aufmarschiert.«

Inzwischen drehte im Hafenbecken der I WO das Boot um 180 Grad mit dem Bug Richtung Ausfahrt und legte wieder an.

Die Tore des Torpedoschuppens waren offen, der Torpedoobermaat meldete: »Alles vorhanden, Herr Kapitän. Klavier und Geige.«

»Vergessen Sie den zusätzlichen Kram nicht. Ersatzbatterien, die Kontaktpistolen der Aufschlagzünder und so weiter.«

Für einen erfahrenen Torpedomann war das eine Selbstverständlichkeit.

Schon schoben sie die ersten zwei Rollpaletten mit A-Torpedos hinaus bis zu dem kleinen Pierkran. Der erfaßte mit seiner Zange den tonnenschweren Aal, hob ihn hoch, schwenkte ihn hinaus bis zum Torpedoluk von U-500. Dort wurde er von kräftigen Männerarmen in Empfang genommen, hineindirigiert, und mit seinen fünf Metern Länge und dreiundfünfzig Zentimetern Durchmesser glitt er ins Innere des Boots. Das dauerte nur Minuten. Sie lagen gut in der Zeit, als die letzten zwei Zaunkönige, die Horchtorpedos, übernommen wurden. Von Marinefeldpolizei nichts zu sehen. Doch dann gab es eine Verzögerung, denn im Inneren des Boots mußte erst Platz geschaffen werden.

»Laden Sie gleich die Bug- und Heckrohre«, befahl Wenke.

Kaum meldete der Bootsmann, alles sei klar, gab Wenke das Zeichen zum Ablegen. Sie machten die Leinen los, die Diesel sprangen an. Als der letzte Mann des Sonderkommandos Penang an Bord war, legte U-500 ab.

Das hübsche Eingeborenenmädchen von der Insel Topura war nicht mehr aufzufinden. Sie hatte heimlich ihren Hokuspokusverschwindibus gemacht.

Wenke hatte mit allem gerechnet, vor allem, daß er draußen nicht mit offen Armen empfangen wurde, doch kaum auf Tiefenlinie 40, schnürte ein Torpedo auf sie zu. Schulmäßig befahl Wenke hart Ruder in Richtung des anlaufenden Aales. Als sicher war, daß er vorbeilaufen würde, gab Wenke Befehl zum Alarmtauchen. Was selten passierte, aber mitunter vorkam – die verdammte Kupplung zu den E-Maschinen blieb wieder einmal hängen. Sie drehten so auch die Diesel mit. Der Obermaschinist verringerte blitzartig die Kompression der Diesel, öffnete die

Auspuffklappen und die Indikatorstutzen. Durch die Überbelastung flogen die Sicherungen heraus, und die Schrauben kamen für Sekunden ganz zum Stehen. Auch fehlte der Strom für Tiefenruder und Seitenruder. Ein geistesgegenwärtiger Mechaniker riß die Flurplatten zwischen den Torpedorohren auf und schaltete auf Handbetrieb. So war das Boot zunächst wieder klar. Es konnte sich von dem Gegner absetzen. Doch jetzt, in den Nachmittagsstunden, wurde es gegen den Horizont gut sichtbar: Mit hoher Bugwelle lief eine Korvette an. Der Ausguck ließ einen zentnerschweren, kaum zu verstehenden Seemannsfluch los.

Wenke hatte einen Zaunkönig im Heckrohr und beschloß, den selbstsuchenden Aal auf die Korvette zu schießen. Er blieb ganz ruhig und sagte zu den Leuten in der Zentrale: »Das mastern wir schon.«

Dann fütterte er die Werte in den Rechner und gab den Torpedo gegen die anlaufende Korvette zum Abschuß frei. Trotzdem ging der Aal daneben.

Wenke konnte sich das nicht erklären. Möglicherweise hatte der Maat am Rechengerät nicht aufgepaßt. Wahrscheinlich hatten seine Zeiger am Rechner vor Aufregung nicht in Deckung gestanden. So kam der Torpedo natürlich nie an. Die Männer auf dem U-Boot-Jäger sahen ihn jedoch kommen und drehten ab. Der Gegner warf Reihen von Wasserbomben. Die Erschütterungen packten das Boot, Lampen und Sicherungen zerplatzten. Die Notbeleuchtung wurde eingeschaltet. Das Boot war auf irgendeine andere Weise mitgenommen, doch der LI bekam es bald wieder in die Hand. Allerdings meldete er starke Rauchentwicklung im Dieselraum. Die Heizer konnten kaum noch atmen. Später, als sich U-500 vom Verfolger abgesetzt hatte, folgte eine weitere Schadensmeldung.

»Der Heckraum macht Wasser«, meldete der LI, »Rudermaschine ausgefallen. Backbord-E-Maschine überhitzt.«

Das Kokeln der E-Maschine löschte der LI selbst, doch das Heck hing deutlich tiefer in der See. Wenke ließ den Heckraum durch Preßluft lenzen. Langsam kam das Boot in die Waagerechte. Und schon eine neue Hiobsbotschaft: Der Steuerbord-Diesel hatte Lagerschaden. Zu dem einen Lagerschaden kamen noch zwei andere. Das Maschinenpersonal mußte in der 60-Grad-Hitze des Motorenraums versuchen, die Schäden mit Ersatzschalen zu beheben. Sie arbeiteten die ganze Nacht hindurch und den nächsten halben Tag. Dreißig Stunden schufteten sie, nur mit Badehosen bekleidet. Einer nach dem anderen kippte um. Doch endlich meldete der LI: »Boot ist wieder klar.«

Für die Heizer gab es zum späten Frühstück Spiegelei und eine extra Dusche.

Aber ganz war der LI mit seinen schlechten Nachrichten noch nicht am Ende. »Wir haben nur noch vier Tonnen Treibstoff.«

Wenke schloß die Augen und ließ sich in das Polster der Eckbank im O-Raum zurücksinken. Allmählich war auch er am Ende mit seinem Latein. Jetzt lag es an ihm, das passende Schiff zu finden, von dem sie sich ergänzen konnten.

Tagelang suchten sie in der Javasee von Palembang

bis Batavia. Aber nichts Passendes kam in Sicht. Einmal tauchte am Horizont ein riesiges Schiff auf, grau gemalt, mit Deckskanonen. Vermutlich ein britischer Frachter voll Nachschub für die Burma-Front. Mindestens ein Zehntausendtonner.

Wenn sie ihn torpedierten, nützte er ihnen wenig. Sie verrieten höchstens ihren Standort. Unmöglich, daß sie neben ihm auftauchten und ihn mit der Deckskanone niederkämpften wie den Tanker *Apollonia*.

»Der kommt nicht in Frage«, sagte Wenke. »Der schert nach Steuerbord aus und zerquetscht uns wie eine Laus.«

Also ließ er ihn ziehen und änderte den Kurs Richtung Malakkastraße.

12

Piraten

Die Meeresstraße zwischen Malaysien und Sumatra galt schon immer als Heimat der Seeräuberei. Die Piraten bedienten sich meistens an Handelsschiffen, holten sich, was sie brauchten, nahmen mitunter auch ganze Schiffe mit und verkauften sie zurück an die Versicherungen. Das ganze Piratentum in der Malakkastraße lag in den Händen weniger einflußreicher, mächtiger Clans. Die fuhren mit ihren Luxusyachten auf See herum, hell beleuchtet, und waren für die Seeräuber tabu. Anders für Wenke und sein U-500. Er legte sich nachts auf die Lauer und wartete darauf, daß wieder einmal eine große Luxusyacht vorbeischipperte.

Tagsüber blieb U-500 getaucht und schnorchelte. Die Geduld der Männer wurde auf eine harte Probe gestellt. Endlich, zwei Wochen vor Weihnachten, kam ein strahlend beleuchteter weißer Musikdampfer vorbei, eine große Yacht, mindestens zweitausend Tonnen. Sie tauchten neben ihr auf, schossen mit 2 Zentimeter über das Schiff hinweg und blinkten mit dem Brückenscheinwerfer die Aufforderung hinüber: »Stoppen Sie sofort. Kein Funk, keine Gegenwehr.«

Der Yachtkapitän hatte offenbar Anweisung, sich auf kein Scharmützel einzulassen. Er stoppte, ließ eine Jakobsleiter herunter, und das Prisenkommando von U-500 ging an Bord. Die Befehlsgewalt über sein Boot hatte Wenke dem I WO übergeben. Er ließ es sich nicht nehmen, das Unternehmen selbst anzuführen. Sie suchten die luxuriösen Salons mit Marmor, Edelholz und Plüsch, Speisesäle und Bars ab, bis sie auf der achteren Deckterrasse auf etwas Menschenähnliches trafen. In einem breiten gepolsterten Korbsessel lag ein Mann, mindestens drei Zentner schwer. Sein Körper schlug jedenfalls wellenartige Wülste. Der Malaie rauchte in Ruhe seine Zigarre, nahm ab und zu eine Erdbeere aus einer geeisten Schale und trank dazu Champagner.

Er sprach hervorragendes Englisch und fragte Wenke mit erstaunlicher Gelassenheit: »Was kann ich für Sie tun, Kapitän?«

Dies nicht im Ton eines Schiffseigners, dessen Yacht soeben überfallen wurde, sondern überheblich näselnd wie einer von den ganz Mächtigen, die immer sicher waren, daß ihnen wenig geschehen konnte.

Wenke nahm den gebotenen Platz nicht an, sondern sagte: »Ihr wunderschönes Schiff, Sir, bekommt nicht einen Kratzer ab. Aber ich muß Sie bitten, uns mit Dieselkraftstoff und Proviant auszuhelfen.«

Leicht resignierend machte der Malaysier Handzeichen des Einverständnisses. Der Leitende hatte bereits die Öffnungen für die Kraftstofftanks der Yacht gefunden, hatte den Beölungsschlauch hüben und drüben angeschlossen und eine Dieselprobe entnommen.

»Der Stoff ist unsere Kragenweite, Chef«, meldete er.

Die Pumpe begann zu surren. Die Brennstoffbunker der Yacht waren randvoll. U-500 schlürfte sie leer bis auf einen Rest. Es waren gut sechzig Tonnen.

Und Wenke sagte zu dem Malaien: »Wir lassen Ihnen so viel Sprit, daß Sie noch Singapur oder Georgetown erreichen, Sir.«

Was die Männer von U-500 in den Kühl- und Vorratsräumen der Yacht fanden, war erste Qualität an Frischware und Konserven. Sie leerten die Vorratsräume bis zur Morgendämmerung.

Wenke bedankte sich höflich bei dem fetten Malaien, ging von Bord, und sie legten ab. Daß das alles so problemlos verlaufen sein sollte, wagte fast keiner zu glauben.

»Nicht schlecht, dieses Piratenleben«, sagte der II WO, »wie einst die *Nautilus* und Kapitän Nemo.«

Dabei ließ er ein eckig gefülltes Herrensakko in der Koje verschwinden. Die Männer an Bord bekamen eine ganz seltene Delikatesse, erstklassiges Speiseeis, Schokolade oder Vanille, und zwar so viel davon, bis wirklich nichts mehr reinging.

Wenke entschloß sich für Südkurs. Er stieß über den 174. Längengrad Ost vor, dann drehte er nach Süden, Generalrichtung Auckland. Nicht nur, daß keine Beute in Sicht kam, sondern es kam auch sonst nichts, rein gar nichts. Trotzdem waren es gute Tage. Allerdings ging noch mal ein Motorlager kaputt.

»Wenn das so weitergeht«, sagte der I WO, »können wir das Boot irgendwo in Afrika verscheuern.«

Doch wieder einmal schaffte der LI das Wunder. Sie hatten von da ab keinen weiteren Lagerschaden mehr und kamen gut voran. Fast alle Kojen waren voll von dem Yachtproviant. Die Männer schliefen zwischen Kisten, Konservendosen und großen ovalen Weißblechbehältern mit gebratenen Gänsen.

Der Maschinist lief immer mit einem leidenden Gesicht umher, doch allmählich wurde es noch leidender.

»Das Boot muß zur Überholung«, flüsterte er Wenke zu.

»In Singapur und Surabaya gibt es Docks, aber die kann ich Ihnen nicht bieten.«

»Der Algenbewuchs, den wir hinter uns herziehen, ist schon so lang wie ein Brautschleier. Vermindert unsere Fahrt um mindestens vier bis fünf Knoten. Das Zeug muß abgekratzt werden. Außerdem muß ich die Schrauben und die Ruder und ebenso die Leitungsdurchlässe kontrollieren.«

Wenke setzte sich mit dem Obersteuermann zusammen. Bald sahen sie nur eine einzige Lösung: »Südlich von Australien«, vermutete Wenke, »sucht uns niemand. Und in Neuseeland schon gar nicht. Dort gibt es Gebiete, wo noch nie ein Mensch war. Wir müssen uns irgendeine Flußmündung suchen mit entsprechendem Tidenhub und das Boot aufs Trokkene setzen.«

Der Obersteuermann vertiefte sich sofort in seine Karten- und Segelhandbücher.

Auf dem Weg nach Australien besann sich Wenke immer wieder der ursprünglichen Bestimmung von U-500. Etwa auf Höhe des Wendekreises näherten sie sich Australien, fuhren dann Kurs Süd, immer an der Küste entlang bis ins Tasmanische Meer, ohne je eine Begegnung zu haben. Einen Tag vor Weihnachten tauchten nachts am Horizont die Lichter von Sidney auf. U-500 näherte sich so weit der Küste, daß die Männer mit ihren Ferngläsern die Autos auf den Straßen und in den Hotels die Gäste in ihren weißen Panamaanzügen erkennen konnten. Da gute Karten von Australien an Bord waren, fanden sie nördlich der Stadt auch die Liegeplätze der Überseeschiffe und die Raffinerien. Gegen alle Vernunft torpedierte Wenke einen riesigen leeren Truppentransporter und zerschoß ihn in mehrere Teile. Dann tauchte er in Nähe der Raffinerien auf, wo er die Lagertanks und Hydriertürme mit der Bordartillerie beschoß. Es gab ein ungeheueres Feuerwerk – zehnmal Silvester –, als drüben am Ufer Millionen Tonnen von Sprit verbrannten und explodierten. Die halbe Raffinerie verschwand in Trümmern via Nachthimmel.

»Eigentlich ist noch nicht Neujahr«, sagte der I WO, »aber wir wollen ja bescheiden sein und wünschen frohe Weihnachten.«

Von einer verstärkten Verfolgung merkte U-500 zum Glück nichts. Sie fanden die entlegene Flußmündung auf Neuseeland, die der Obersteuermann auf der Karte herausgedeutet hatte. Dort brachten sie das Boot bei Flut auf eine vom Dschungel umstandene Sandbank, noch mit einigen Zentimetern Wasser unter dem Kiel. Als die Flut ablief, lag U-500 gänzlich auf dem Trockenen, und sie begannen mit der Überholung.

13

Die Wolfsteiner

Im armen Bayerischen Wald gab es Dörfer, die waren noch ärmer. In einem Nest bei Frauenberg lebten nur Kleinbauern mit kleinen Äckern, magerem Vieh und die Hungerleider, die Kartoffel- und Rübenfresser.

Einer der Bauern sagte: »Bei unseren Hunden hat jeder nur einen Floh. Ein zweiter wird nicht satt.«

Am besten in dem Dorf ging es noch dem Schmied, dem Wolfstein. Vater und Sohn waren riesige Burschen, arbeitsscheue Raufbolde. Die Mutter, auch eins neunzig groß, hatte wie ein Despot alles in der Hand.

Eines Tages sagte sie zu ihren Männern: »Armin, du hörst auf zu saufen. Am Tag noch einen Liter Bier und basta.« Mit ihrem Sohn Dietram ging sie gnädiger um. »Deine Weibergeschichten kosten zum Glück nichts, aber wenn du schon nicht in der Schmiede arbeitest, dann such dir eine andere Beschäftigung.«

Damit ging sie hinaus, um vier Pferde neu zu beschlagen, was eigentlich Sache der Männer gewesen wäre.

Als sie den Lehrer auf der Dorfstraße traf, sagte der mit Bedauern: »Wir mußten deinen Jungen von der Schule verweisen, Anna. Er ist gewalttätig gegenüber Tieren und Menschen. Er kann lesen, rechnen und schreiben, mehr braucht einer wie der im Leben nicht.« Dann schränkte er jedoch ein: »Aber er ist intelligent und wißbegierig. Was andere nicht einmal mühsam in ihren Schädel kriegen, eignet er sich im Vorübergehen an.«

Das nützte der Anna Wolfstein wenig. Ihrem Sohn auch nicht, da er hinter jedem Rock her war. Manchen seiner Opfer war das gar nicht so unangenehm, aber die meisten Frauen hatten Angst vor ihm. Doch Angst hatten nicht nur die Frauen, sondern auch die Männer im Dorf. Aus Furcht vor seiner Rache redeten sie aber nur insgeheim darüber. Eines Tages las Dietram in der Zeitung ein Angebot. Für zehn Mark gab es eine Kamera, eine einfache Box mit Rollfilm und einer Anweisung, wie man den Film entwickeln konnte und Bilder abzog. Das brachte Dietram auf eine Idee. Er bestellte die Kamera und fotografierte fortan alle Frauen, mit denen er schlief, nackt. Die Bilder verkaufte er das Stück für zwei Mark. Doch auf die Dauer wurde ihm das zu mühsam.

Eines Tages sagte er zu seinem Vater: »Die Stellmacherei an den alten Kutschen läßt uns nicht reich werden. Ich war im Krieg bei einer Nachschubkompanie. Wir stellen auf Autos um.«

»Wo willst du ein Auto hernehmen?« fragte der Alte.

»Laß das meine Sorge sein«, beruhigte ihn sein Sohn.

In Frauenberg gab es einen Unternehmer, einen gewissen Schneider, mit einem Ford-Lastwagen. Der junge Wolfstein machte ihm ein Angebot von 500 Mark, das war alles, was er hatte. Der Spediteur deutete nur mit dem Finger gegen die Stirn. Fortan hatte er Pech mit seinen Geschäften. Mit einer Fuhre Holz, die er für das Forstamt aus dem Wald holte, verlor sein Lastwagen ein Rad. Das ließ sich noch beheben, aber nicht der kaputte Motor, weil jemand Vogelsand in den Öleinfüllstutzen geschüttet hatte. Verzweifelt nahm er das Angebot des jungen Wolfstein an.

Der transportierte fortan ohne Panne alles, was es im Landkreis gab: Kies, Sand, Steine, Holz. Über Nacht hatte er plötzlich auch einen Führerschein, obwohl sich kein Fahrlehrer je an ihn erinnerte. Der Spediteur Schneider, von dem Wolfstein den Lkw gekauft hatte, beobachtete das alles mißtrauisch und wollte ihn wegen Betrugs anzeigen. Da verschwand Dietram plötzlich spurlos. Sein Vater führte den Betrieb weiter. Er kaufte sogar noch einen Chevrolet-Lastwagen dazu. Als Dietram nach vier Monaten aus Passau zurück in seinen Heimatort kam, trug er eine braune SA-Uniform. Niemand wagte mehr, gegen den Raufbold aufzumucken. So lief das ein bis zwei Jahre, bis der alte Wolfstein in Österreich bei Linz verhaftet wurde. Angeblich wegen Waffenschmuggels. Er hatte alte Waffen, die noch aus dem letzten Krieg überall in Depots und auch in den Wäldern herumlagen, nach Österreich gefahren und dort an die Nazis verkauft.

Dietram eilte nach Linz und holte seinen Vater heraus. Er hatte jetzt schon so viele politische Verbindungen wie sonst kaum einer. Bei der SA war er inzwischen Rottenführer, Scharführer und Untersturmführer geworden. Er machte sich dort sehr beliebt, weil man sich auf ihn verlassen konnte und ihm keine noch so grobe Arbeit zu viel wurde. Bald kannte er die Führer der Nazi-Bewegung. Eines Tages rief Hitler ihn persönlich an und forderte ihn auf, sofort nach München zu kommen. Das war 1934. Hitler stellte eine Gruppe zusammen, die mit den Mercedes-Wagen der Partei an den Tegernsee fuhr. Dort stürmten sie in Bad Wiessee nachts ein Hotel und trieben Ernst Röhm, den Stabschef der SA, mit seinen nackten homosexuellen Jungs aus den Betten. Hitler war zu Ohren gekommen, was Röhm vorhatte. Als Mitglied der Reichsregierung plant er, unter seiner Führung die SA mit der Reichswehr zu verbinden. Das betrachtete Hitler als Putsch und Hochverrat und ließ ihn erschießen. Auch Schleicher und Strasser. Die Sturmabteilung, SA genannt, galt jetzt als unzuverlässig, so daß ein gewisser Himmler im Auftrag des Führers die SS gründete. Diese trug schwarze Uniformen, sollte zunächst zum Schutz der Funktionäre da sein, wurde aber bald eine selbständige Organisation mit eigenem Geheimdienst etc. Der österreichische Jurist und Politiker Kaltenbrunner wurde Chef des SD und ein Freund Wolfsteins. Unter seiner Obhut wurde Wolfstein Sturmführer und bald sogar Obersturmführer. Legenden bildeten sich um seine Person – daß er Judenhasser war und hinter Frauen her, ein faszinierender Typ, aber zerstörerisch wie die Seuche. Bei Beginn des Krieges wurde Wolfstein im Osten eingesetzt als Reichskommissar zur Verfolgung von Partisanen und Juden. Bekannt war er dafür, daß er alle niederknien ließ, bevor er sie erschoß.

Eines Tages ließ ihn der Reichsführer SS zu sich rufen. »Ihre Weiberg'schichten schaden Ihrem Ruf, Wolfstein. Entweder Sie stellen das ab, oder ich ernenne Sie zum KZ-Direktor. Dann haben Sie ausreichend andere Probleme.«

»Oder?« fragte Wolfstein.

Jetzt rückte Himmler mit seinem eigentlichen Anliegen heraus. »Oder Sie bringen diese neue Organisation Lebensborn endlich in Schwung.«

Davon hatte Wolfstein noch nie gehört. »Hat das mit Frauen zu tun?« fragte er sichtlich angeekelt. Im Moment war er auf jede Frau schlecht zu sprechen. In Berlin hatte er sich in eine schöne, reiche Blondine verliebt, eine elegante, extravagante Frau aus der Oberschicht. Doch als sie ihn näher kannte, vor allem seinen fragwürdigen Charakter, betrog sie ihn mit einem Kompagnon ihres Vaters und verließ ihn. Gewalttätig, wie er war, schlug er sie, wollte sie erwürgen, ließ aber in letzter Sekunde aus Karrieregründen davon ab – er hatte von seiner bevorstehenden Beförderung gehört.

Der Reichsführer erklärte ihm Lebensborn: »Ausgewählte blonde Mädchen aus zuverlässigen Familien sollen mit SS-Junkern dem Führer Nachwuchs schenken.«

Nach kurzer Bedenkzeit willigte Wolfstein ein, bei der Organisation als Antreiber mitzumachen. Zur

Schulung kam er auf eine Ordensburg, wurde zum Sturmbannführer befördert und erhielt allmählich einen nötigen Überblick und auch den Eingang in die obere Nazigesellschaft. Nach einiger Zeit bat Wolfstein wieder um einen Sondereinsatz im Osten, um weiterzukommen. Naturgemäß war er ein brutaler, aber auf der anderen Seite tapferer Soldat. Das brachte ihm hohe Orden und die weitere Beförderung zum Obersturmbannführer ein. Im wesentlichen sah er damit das Ende seiner Karriere vor sich und fing wieder an zu trinken, sich Frauen entweder zu kaufen oder einfach zu nehmen. Dabei geriet er an ein paar Mädchen der Gesellschaft, was letzten Endes zu seinem gewaltsamen Ende führte. Zu seiner Beerdigung kamen fast nur Menschen, die ihn kaum kannten. Denn wer Obersturmbannführer Dietram Wolfstein kannte, weinte ihm keine Träne nach.

14

Australischer Sommer

Bei der britischen Admiralität wurde längst eine Akte über das geheimnisvolle U-Boot geführt, doch seit Wochen kamen keine neuen Meldungen hinzu. Es hatte sich auf der Luxusyacht eines malaysischen Fürsten mit Treibstoff und Proviant bedient, später hatte es im Hafen von Sydney einen leeren Truppentransporter versenkt und die Raffinerie und Tankanlagen zerstört. Doch seitdem gab es keine Spur mehr von diesem Gegner.

Der Erste Admiral der Briten, Harris, hatte es sich zur Gewohnheit gemacht, bei jeder Lagebesprechung das Thema zu erwähnen. »Das Boot war unterwegs von Islands Küste bis Australien. Versenkte, was ihm vor die Rohre kam. Es deckt sich mit Treibstoff und Proviant ein wie sonst nur die Piraten. Es beschießt Tankanlagen in großen Häfen, zerstört ankernde Schiffe und soll sich, wie man aus japanischer Quelle erfährt, in Penang gewaltsam mit Torpedos versorgt haben. Seitdem hört man nichts mehr. Auf der anderen Seite wissen wir aber, daß kein Gefecht stattfand, bei dem das Boot mit Sicherheit versenkt werden konnte.«

Dafür gab es mehrere Erklärungen.

»Bei den Docks in Surabaya oder Singapur können sie nicht gewesen sein. Eine solche Kühnheit ist ihnen nicht zuzutrauen.«

»Aber der Algenbewuchs beeinträchtigt ihre Fahrtüchtigkeit und muß entfernt werden, Sir.«

»Mit Sicherheit gibt es auch Reparaturen auszuführen. Also haben sie sich bestimmt irgendwo in Neuseeland oder Tasmanien verkrochen.«

Die Air Force wurde aufgefordert, alle nur möglichen Verstecke abzufliegen. Wochenlang ohne Erfolg allerdings.

Die Arbeiten an U-500 gingen zu Ende. Jetzt begriff die Besatzung auch, was der LI mit den zwei großen gelben Fässern gewollt hatte. Darin befand sich algenabstoßende Farbe – Antifouling Colour. Sie bemalten den Rumpf von U-500 damit.

»Immer lange Striche, kurze Pausen«, sagte der LI. »Dick auftragen, bis es tropft.«

Im Lauf des Februar erreichte auch einer der ganz seltenen Funksprüche das Boot. Er war so oft überschlüsselt, daß er nur vom Kommandanten selbst in Klartext übersetzt werden konnte. Endlich hatte Wenke die paar Zeilen vor sich. Sie lauteten: »INVASION DER ALLIIERTEN IN NORDFRANKREICH AB MAI ODER JUNI ZU ERWARTEN. EMPFEHLEN RÜCKKEHR IN EUROPÄISCHE GEWÄSSER. L. u. C.«

Der Funkspruch trug keine Unterschrift, aber Wenke wußte genau, woher er kam. Es gab nur zwei Menschen auf der Welt, die davon wußten, daß er und sein Boot noch im Kampf standen. Daraufhin begann er ein ausführliches Gespräch mit dem Obersteuermann und seinem LI.

Sie kamen nicht weit mit ihrer Lagebeurteilung, denn daß sie jetzt entdeckt würden, war nun sicher. Damit hatte keiner gerechnet. Die Alarmsirene heulte durch das Boot, das immer noch bewegungsunfähig auf dem Trockenen lag. Wenke hetzte zur Brücke hinauf und sah gerade noch, wie ein Wachboot vom Küstenschutz hinter der Flußbiegung verschwand.

»Die kommen wieder.« Er ließ die 2-cm-Zwilling im Wintergarten klarmachen. »Wenn einer wieder zu sehen ist, sofort ohne Befehl feuern.«

Tatsächlich spitzte der Bug des Küstenwächters eine Stunde später wieder aus der Dschungeldeckung hervor. Sie feuerten sofort mit allen Rohren auf ihn, schossen seine Brücke in Fetzen, worauf er mit äußerster Kraft kurvte und erneut verschwand. Der Zwischenfall machte Wenke sehr besorgt.

»In einer Stunde sind die Flieger da und die U-Boot-Jäger, und zwar alles, was die neuseeländische Marine aufzubieten hat. Also nichts wie weg hier.«

Um das Boot leicht zu machen, drückten sie die Tauchzellen und die Trimmzellen mit Preßluft aus. Es dauerte eine Ewigkeit, bis der Strom kenterte und die Flut auflief. Das Boot begann endlich zu schwanken, und nach einer Stunde war es ungefähr so weit, daß sich Rumpf und Kiel schmatzend aus dem Mudd lösten und das Boot schwamm. Mit E-Maschinen zog Wenke es in Flußmitte, drehte es dabei um 180 Grad.

»Und jetzt volle Pulle in die offene See.«

»Vierzig Meter Tiefe, sobald das Land trichterförmig auseinanderweicht«, rief der Obersteuermann nach oben.

Sie hörten in der Ferne schon Flugmotoren, als sie endlich abtauchen konnten. Wenke hing am Sehrohr. Von der Flotte war noch nichts zu sehen, aber als er auf Ostkurs ging, Richtung Pazifik, erkannte er eine ganze Mahalla von Masten am Horizont. Sie hatten mindestens ein Dutzend Korvetten und Zerstörer gegen ihn aufgeboten. Sofort befahl er Kurswechsel um 180 Grad. Mit Diesel AK, später mit langsamer Fahrt, um die Batterien zu schonen, bewegte sich U-500 nach Westen.

»Sobald es dunkel wird, schnorcheln wir. Mit Diesel kommen wir schneller voran«, entschied Wenke. Dann führte er die Besprechung mit dem Obersteuermann und dem I WO weiter. Wenke faßte sich kurz. »Wir nehmen Kurs Heimat. Die Invasion der größten Armee der Welt steht in Frankreich bevor.«

»Dann dürfte der Krieg bald gestorben sein«, meinte der I WO.

»Fragt sich jetzt nur, nehmen wir Kurs um Kap Hoorn oder Kurs Indischer Ozean, Arabisches Meer.«

Sie wägten Vor- und Nachteile ab. Die Strecke war etwa gleich, zwanzigtausend Seemeilen. Jetzt kamen die Frühjahrsstürme am Kap, aber einem U-Boot machten die wenig aus.

Doch Wenke gab zu bedenken: »Dann müssen wir

durch den ganzen südlichen Mittelatlantik. Dort kriegen sie uns mit einer an die Grenze der Sicherheit gehenden Wahrscheinlichkeit.«

Man hielt den Kurs nach Norden durch den Indischen Ozean und die Bengalische See hinüber Richtung Golf von Oman für günstiger.

Der LI war wieder hinzugekommen und meinte: »Vor allem haben wir dort bessere Chancen zur Beölung. Wir fahren zwar noch nicht bei Oberkante Unterlippe, aber irgendwann brauchen wir wieder die Mutterbrust.«

Der Obersteuermann bekam die Anordnung, den Kurs durch möglichst selten befahrene Seegebiete abzustecken. Kaum war die Unterredung beendet, meldeten sich zwei Männer der Besatzung, der Oberbootsmann Kupfer und ein Maschinenobergefreiter. Etwas stotternd, aber doch entschlossen, brachten sie ihre Bitte vor.

»Wir möchten aussteigen, Herr Kapitän.«

Wenke grinste. »Jetzt? Sofort?«

»Wo auch immer.«

»Wir haben ausgemacht, daß jeder vor Bord gehen kann, wenn er das wünscht.«

»Jetzt, wo es nach Norden geht, Herr Kapitän«, sagte der Oberbootsmann, »dachten wir an Spanien, Griechenland oder Portugal.«

Wenke nickte. »Das wird sich irgendwie mastern lassen. Da sind aber noch einige Wochen hin. Andererseits besteht Klarheit darüber, Leute, daß man euch früher oder später aufgreift. Was werdet ihr beim Kriegsgerichtsverfahren erzählen?«

»Nichts, Herr Kapitän.«

»Und im Gestapo-Verhör?«

Jetzt schwiegen sie beide, denn daran wagten sie nicht zu denken. In erster Linie dachten sie an zu Hause, an Frauen und Kinder.

Wenke wollte das Gespräch beenden. »Meldet euch wieder, sagen wir mal, so im März oder April herum, wenn wir bis dahin noch leben.«

Die zwei zogen ab, und U-500 begab sich auf seinen monotonen Rückmarsch.

15

Seemoos

Außer dem E-Maschinen-Summen war es still im Boot. Der I WO hatte Wache, Wenke lag in seinem Schapp auf der Koje und versuchte zu entspannen. Da hörte er, wie der Bootsmann einen jungen Matrosen zusammenstauchte, in seinem schwäbischen Dialekt.

»Hör zu, Büble, mer send net auf'm Luxusschiffle. Also Ordnung halte, oder wir klopfen dir dei Ärschle weich.«

Mit diesem Tonfall hatten die Menschen auch in Seemoos gesprochen, einem kleinen Nest am Bodensee, wenige Kilometer von Friedrichshafen entfernt. 1936 war er dort gewesen, eigentlich mehr durch Zufall. Er war als Leutnant zur See als Erster Wachoffizier auf einem Minensuchboot gefahren. Eines Abends kam der Läufer Deck.

»Der Kommandant wünscht Sie zu sprechen, Herr Leutnant.«

Er richtete die Krawatte, kämmte das Haar und bekam in der Kommandantenkammer Überraschendes zu hören.

»Ihre Beförderung zum Oberleutnant liegt vor«, erklärte der Kapitänleutnant. »Und noch etwas: Haben Sie Lust, drei Wochen an den Bodensee zu fahren, als Trainingsoffizier für die Marine-Hitlerjugend? Wird natürlich nicht auf den Urlaub angerechnet.«

Wenke, der eigentlich eine andere Kommandierung, nämlich zu den U-Booten erwartete, zögerte trotzdem nicht lang. Zwei Tage später verließ er samt Gepäck den D-Zug in Lindau und nahm die Bummelbahn nach Seemoos. Die Jungen in ihren weißen Matrosenanzügen waren durchweg nette Kerle, ihr Fähnleinführer ein baumlanger, salopper Typ. Im Hafen von Seemoos lag in einer kleinen Bucht, umgeben von Pappeln und Schilf, der Kutter bereit. Wenke ließ die jungen Leute, sie waren etwa zwischen vierzehn und sechzehn, kutterpullen nach allen Regeln der Kunst.

Nachdem sie das einigermaßen exerziermäßig draufhatten, hieß es: »Die Segel klarmachen.«

Sie segelten am Strand entlang, Richtung Meersburg, und blieben am oberen See für einige Tage. Dabei stellte Wenke fest, wie er immer wieder aus einem elfenbeinfarbenen Maybach-Zeppelin mit einem Fernglas beobachtet wurde. Bevor sie nach Seemoos zurücksegelten, sprach ihn der Bootsverleiher an.

»Eine Dame möchte Sie sprechen, Herr Oberleutnant.« Dabei bewegte er den Kopf zu der großen Luxuslimousine. »Feine Leute«, fuhr er fort. »Aus Berlin. Machen irgendwas mit Zeitungen. Bei uns sagt man gestopfte Leute, das bedeutet soviel wie stinkreich.«

Wenke ging also hin. Die Dame hatte das perlmuttverzierte Glas abgenommen. Eine immer noch schöne Endvierzigerin, elegant, mit teurem Schmuck behängt, kam dahinter zum Vorschein.

»Mein Name ist Chris Wenke, was kann ich für Sie tun, gnädige Frau?«

»Und ich bin Tina Lauenstein.« Sie öffnete die Tür, reichte ihm die Finger zum Handkuß. »Ich weiß, wer Sie sind, Oberleutnant. Habe mich erkundigt. Anders würde ich Ihnen dieses Angebot nicht machen.« Sie rückte auf dem Sitz zur Seite, und er setzte sich neben sie. Sie duftete nach einem jener sündteuren neuen französischen Parfums: Mitzouko von Guerlaine. Mit ihrer angenehm tiefen Stimme kam sie sofort zur Sache. »Wollen Sie meiner Tochter das Segeln beibringen? Wir haben einen schwedischen Mahagoni-Kajütkreuzer, ein Sörensen-Boot.«

Nicht, daß er zögerte, aber ein paar Fragen hatte Wenke doch. »Wie kommen Sie ausgerechnet auf mich, gnädige Frau?«

»Sie sind Seeoffizier und vermutlich seriös. Meine Tochter Schiselle haßt Lehrer jeder Art – Lehrer für Tennis, Reiten, Fechten, Klavier, Golfen, Schifahren, Autofahren. Sie sind alles Hallodri, sagt sie.«

»Hallodri?« wiederholte er. »Sie meinen Striezi oder Bazi, gnädige Frau?«

Wenn sie eine Frage hatte, wirkten ihre geöffneten Lippen immer etwas erstaunt. »Was ist das, ein Striezi?«

»Ein Hallodri«, antwortete er.

Sie lachte mit allen weißen Zähnen, und sie fanden sich sympathisch. Rasch verabredeten sie das Honorar und wann sie sich wo treffen wollten.

Diese Schiselle sah mit ihren sechzehn Jahren aus wie eine Mischung aus Madonna und Weltdame. Sie hatte graugrüne Augen, ihr lockiges braunes Haar war hinten irgendwie mit einem Diamantreif gebündelt. Ihre kleinen Brüste hatten etwas Trotziges, ebenso ihr Apfelpopo. Die Beine schienen nicht nur sonnengebräunt, sondern sie hatte von Natur aus leicht getönte Haut. Sie musterten sich – er sie, sie ihn.

»Ich sage Chris zu Ihnen, Sie dürfen Gisela sagen. Die französische Form Giselle finde ich irgendwie dämlich.«

Sie gingen an Bord der Yacht, riggten sie auf, machten sie auslaufklar, verholten sie mit dem Flautenschieber durch die Hafeneinfahrt hinaus und hißten dort die Segel. Mit gutem Wind machten sie Richtung Bregenz und Gebirge flotte Fahrt.

»Sie können das aber«, sagte sie manchmal mit leichtem Berliner Akzent.

»Ich bin in Potsdam geboren, da gibt es viele Seen. Wir hatten ein kleines Boot. Schon mit zwölf Jahren ließen mich meine Eltern allein aufs Wasser. Gewiß interessiert Sie, daß meine Eltern noch leben. Wir entstammen einer alten Offiziersfamilie. Mein Vater ist Oberst bei der Artillerie.«

Sie lachte, und wenn sie lachte, warf sie das Haarbüschel nach hinten. »Nach einem mäßigen Abitur sind Sie dann zur Marine gegangen, stimmt's?«

»Jetzt bin ich WO auf einem M-Bock. Eigentlich wollte ich zu den Schnellbooten, aber die bevorzugen Adelige. Ein Freund von mir, mein bester Kumpel, hatte das Glück. Und wenn diese drei Wochen in Seemoos zu Ende sind, bekomme ich leider ein Kommando bei den U-Booten.«

»Warum leider?« fragte sie eher ergriffen als erstaunt. »Die machen doch die Helden.«

»Ich wollte nie Bergmann werden, die erblicken ja kaum das Tageslicht.«

»Aber die U-Boot-Leute sehen so tapfer aus, wenn sie mit ihren Schiffen hinausfahren oder hereinkommen.«

»Ja, es soll fabelhaft sein, wochenlang mit sechzig Mann in so einer engen Röhre.«

»Haben Sie etwa Angst?«

»Nicht direkt«, gestand er. »In Bayern sagt man dafür, glaube ich, man hat Schiß, was in Norddeutschland dasselbe bedeutet wie Bammel haben.«

Sie saß achtern neben ihm auf der Bank hinter dem Ruder, übernahm es ab und zu und hatte darauf zu achten, daß die Segel nicht killten.

»Dann fallen sie etwas ab in den Wind.«

Sie plapperte munter weiter. »Sicher hat Ihnen meine Mutter erzählt, daß ich alles nicht mag, was hintenhinaus mit Lehrer aufhört. Ich mag aber auch Journalisten nicht und Rechtsanwälte. Mit denen hat mein Vater täglich zu tun. Ihm gehören ein paar Zeitungen und illustrierte Magazine in Berlin. Diese charmigen Typen wollen einem, wenn man ein bißchen nett zu ihnen ist, gleich unter den Rock.«

Er hob die rechte Hand. »Ich schwöre Ihnen, Gisela, das würde ich nie tun. Nie ohne ausdrückliche Aufforderung.«

Irgendwo ziemlich weit unten auf Bregenz zu, schon halb auf der Schweizer Seite, machten sie eine Wende und kreuzten dann wieder Richtung Meersburg hinauf. Dort gab es am Hafen eine phantastische Eisdiele, einen Italiener mit den größten Eiskugeln, die man überhaupt herstellen konnte. Und außerdem war es noch gut, das Eis.

»Erinnert mich an Äpfel und Orangen«, sagte Wenke.

Sie aber hatte bemerkt, daß sein Blick ihren Busen gestreichelt hatte. »Sie erinnern sie an noch etwas anderes. Warum lügen Sie, Chris?«

»Aus Höflichkeit«, antwortete er.

Sie knöpfte an ihrem Polohemd noch zwei Knöpfe tiefer auf, beugte sich vor. »Gefallen Ihnen meine Titten nicht? Dazu sind sie doch da.«

Er wußte nicht, was er antworten sollte. Er suchte den Ausweg in einem Kompliment. »Sie sind einfach unglaublich zauberhaft, Gisela.«

Irgendwann kam der Tag des Abschieds. Die Hitlerjungen hatten ihr Quartier in den Dornierhallen verlassen und waren nach Hause gefahren. Auch Wenke packte die Koffer. Gisela mußte zurück in ihr Schweizer Internat. Am Abend vorher hatte er sie zum Wein eingeladen. Sie hatte dem Roten Meersburger Drachenblut durstig zugesprochen, wurde recht anschmiegsam, doch um zehn Uhr kam der Chauffeur, um sie nach Hause zu fahren.

»Gnädiges Fräulein«, sagte er, »die Glocke hat geschlagen.«

»Kommst du mit?« flüsterte sie Wenke zu.

»Tut mir leid, es wird zu spät für mich.« Dabei dachte er an die Berliner Taxifahrer, die für Geld und gute Worte zehnmal um den Tiergarten herumfuhren, dabei den Vorhang zuzogen und sich nicht darum kümmerten, was hinten passierte.

Sie küßte ihn zum Abschied und flüsterte: »Bis morgen bei uns zu Hause.«

Wenke erschien pünktlich, in Ausgehuniform, rasiert und gekämmt. Das Haus, eine riesige Villa mit Dienstpersonal, deutete zunächst eine frostige, preußische Atmosphäre an. Das Gegenteil war der Fall. Der alte Zeitungsmacher Dr. Lauenstein war mindestens so charmant wie seine Frau. Es ging völlig zwanglos zu. Der alte Herr beobachtete sehr wohl, wie sich Chris und Gisela immer wieder Blicke zuwarfen. Nach dem zweiten Glas Champagner zitierte er Luther: »Herr Oberleutnant Wenke, was suchet Ihr unter den Tischen? Gefällt Euch meine Tochter nicht?«

»Im Gegenteil, Herr Doktor«, brachte Wenke heraus.

Die Eltern Giselles verabschiedeten sich. Der Verleger wollte sich im Salon seinem Rotwein und seiner Havanna hingeben, die Dame des Hauses ihrem Mokka.

Chris und Gisela schlenderten hinaus in den Park und spazierten bis zur Balustrade am See, wo viele Hibiskusbüsche standen und es dunkel war.

»Sehen wir uns wieder?« fragte Giselle leise.

»Ich schreibe dir.«

»Nur? Ob wir uns sehen, meine ich.«

»Wann immer das möglich ist.«

Sie küßten sich innig, umarmten einander, und sie ließ ihn gar nicht mehr los. Er spürte ihren Körper, wie er sich an seinen schmiegte, und sie flüsterte in sein Ohr: »Du darfst mir jetzt unter den Rock fassen, Chris Wenke.«

Das tat er dann auch, tastete ihre glatten festen Schenkel hinauf bis zu dem kurzen Höschen, das sie trug. Dort zögerte er einen Augenblick, denn das war nicht mehr der Rock. Doch sie wich nicht zurück. Unter dem Gummi fühlten seine Finger den speckigen Hügel wie mit Samt bezogen.

Und wieder flüsterte sie in sein Ohr: »Ich spüre dich in jedem Tropfen meines Blutes. Wahrscheinlich liebe ich dich sogar.«

16

Golf von Aden

Die See war kaum bewegt. Mitunter brachen die Wellen um, dann sah es aus wie eine Herde weißer heiliger Kühe. Die Sonne schien immer noch drükkend heiß, selbst das Klatschen des Wassers gegen den Bug klang träge. Auf der Brücke war es still, kaum einer der Männer sagte ein Wort. Das Tropenhemd klebte auf Wenkes Oberkörper wie eine zweite Haut. Die Ausgucks beobachteten ihren Sektor.

Plötzlich schien der Mann an Backbord etwas zu entdecken. Er deutete in Richtung vier Uhr. Ein ziemlich stabiler Kreuzermast tauchte langsam aus dem Horizont. Dies war das erste Schiff, das sie nach langer Zeit sichteten.

Das Meer schien wie leergefegt. Jeder, der hier fuhr, hatte Angst. Jeder fürchtete jeden – die Schiffe die U-Boote, die U-Boote die Flugzeuge, und sogar die Flugzeuge fürchteten die zusammengekauerten Gestalten hinter den Flakwaffen, den 2-cm-Schnellfeuerkanonen.

Wenke erkannte den feinen Rauchschleier. Er wanderte langsam nach Süden, vermutlich in Richtung der Colombostraße. Der Verband wollte vermutlich zwischen der Südspitze Indiens und Ceylon in den Golf von Bengalen. Wenke suchte den Himmel ab. Als er das Glas absetzte, stand der LI neben ihm.

»Ohne dreimal AK können wir uns nicht vor den setzen«, sagte Wenke. »Vermutlich ein Schlachtschiffverband.«

»Und ohne Treibstoff können wir nicht stundenlang AK laufen, Herr Kapitän.«

»Was haben wir noch Vorrat?«

»Ein paar Tonnen, drei oder vier.«

Wenke war sich klar, daß sie ohne Diesel in die schlimmste Lage seit dem Auslaufen aus Le Havre gerieten. Sie hatten mehrmals versucht, an Treibstoff zu kommen, aber stets war dieser unbrauchbar, meist Schweröl, teerartiges Zeug. Die Dunkelheit sickerte langsam herein. Im Schutze der Nacht fühlten sie sich sicherer, aber ihr Hauptproblem wurden sie dabei nicht los.

Es mochte gegen Mitternacht sein, da kam der Funker herauf und rief heiser: »Notruf auf 600-Meter-Welle, Kapitän.«

»Dranbleiben«, befahl Wenke.

Wie sich herausstellte, war es ein deutsches U-Boot, etwa bei 20 Grad Nord, 65 Ost, nahe den Lakkadiveninseln. Das Boot gab das Geheimzeichen für Seenot. Wenke ließ Kurs ändern, lief auf die Position des Boots zu.

»Er soll alle fünfzehn Minuten Peilton geben«, befahl er dem Funker.

Noch vor Morgengrauen erreichten sie tatsächlich das eigene U-Boot. Es hing achtern tief in der See. Wenke morste hinüber. Niemand war auf dem Turm, so bekam er also keine Antwort. Er nahm das Megaphon.

»Hier U-530, wir kommen hinüber.«

Mit dem Schlauchboot dauerte das nur wenige Minuten. Auf dem Turm war das Luk zugedreht. Er klopfte daran. Als es sich von innen öffnete, zischte Luft heraus, ein Zeichen dafür, daß das Bootsinnere unter Druck stand, also Wassereinbruch hatte. Im Turmluk tauchten ein Kopf, dann die Jacke mit den zweieinhalb goldenen Ärmelstreifen eines Kapitänleutnants auf.

»Henrici«, stellte er sich vor. »Wir hatten Minentreffer. Schraube weg, Ruderschaden, Kurbelwellenbruch bei Dieseln. Bin der letzte an Bord, habe meine Leute nahe den Inseln abgesetzt. Jetzt kann ich den Eimer nur noch sprengen.«

Im wesentlichen interessierte Wenke etwas anderes. »Haben Sie noch Treibstoff?«

»Genug. Bis oben hin voll. Haben erst vom Tanker übernommen.«

»Und wir haben nichts mehr. Eine Tasse voll vielleicht. Wir bedienen uns, wenn's beliebt.«

Darüber wurde gar nicht weiter gesprochen. Die Männer des LI holten den Beölungsschlauch über. Die Motorpumpe saugte aus dem havarierten Boot die Treiböltanks von U-500 bis zum oberen Rand voll. Mit jeder Tonne, die sie übernahmen, wurde das andere Boot leichter und kam weiter heraus. Irgendwann waren die Treibstoffzellen leer, und der LI meldete erleichtert, daß U-500 wieder klar sei für zwanzigtausend Meilen.

»Sie steigen bei mir über«, entschied Wenke.

»Ich lege nur noch die Sprengkapseln an«, sagte Henrici.

Nach etwa einer halben Stunde hörten sie die Explosion der Sprengkörper. Luft zischte, Wasser stäubte. Bald sahen sie das Boot nicht mehr, das ihnen aus größter Not geholfen hatte. Wenke bat den Kommandanten des gesunkenen IX D-2-Boots zu sich in die Kammer und klärte ihn über alles auf. Und zwar restlos. Von ihrer Flucht aus Le Havre bis jetzt. Ob der Kamerad sein Vorgehen verstand oder nicht, war seinem Gesichtsausdruck nicht zu entnehmen.

Henrici sagte lediglich: »Irgendwo werden Sie mich schon absetzen können.«

Wie sich ergab, war Henrici ebenfalls dem Schlachtschiffverband begegnet, war dabei aber, bevor er angreifen konnte, zu weit in den Küstenbereich bei Goa abgedrängt worden. Dort hatte ihn die Mine erwischt.

»Dafür werden wir jetzt den Engländer kriegen«, versprach Wenke.

»Es waren Amerikaner.«

Wenke befahl, mit Kurs 110 Grad zu laufen, was die Diesel hergaben. Gegen Morgen meldete der Horcher Geräusche von Schiffsturbinen. Sie kamen dem Verband tatsächlich näher. Der lief mit etwa zwölf bis fünfzehn Knoten. Warum nicht schneller? Dafür fand Wenke nur eine Erklärung: Das Schlachtschiff mußte sich nach dem langsamsten Begleitschiff richten. Wenke setzte sich vor das Schlachtschiff, vermutlich Washington-Klasse, dann ließ er die vier Bugtorpedorohre klarmachen und dazu die zwei Hecktorpedorohre.

Henrici stand neben ihm in der Zentrale und sagte: »Sie wissen, was Sie sich hier antun.«

»Gewiß«, antwortete Wenke. »Ich habe dann zwei Armadas gegen mich, die Amis und die Briten, und ich sitze vermutlich in der Falle.«

Trotzdem lief er mit hoher Fahrt zum Endanlauf. In aller Ruhe gab er die Werte an den Rechner: Gegnergeschwindigkeit, Lage, Entfernung, Tiefeneinstellung der Torpedos drei Meter. Dann ließ er den Gegner ins Fadenkreuz einwandern. Ungeachtet der Bewacher, die um das Schlachtschiff herumkurvten, gab er die Torpedos zum Schuß frei. Von dem Viererfächer trafen drei Aale den 40 000-Tonner mittschiffs. Sie hörten zwar die Explosion der Torpedos, aber sonst nicht allzuviel.

»Eigentlich«, meinte Henrici, »müßten ihn die Aale spalten wie ein Beilhieb.«

Noch bevor die Bewacher heran waren, drehte Wenke U-500 um 180 Grad und schoß mit den zwei Heckrohren hinterher auf das Dickschiff. Die Stoppuhr lief. Ebenfalls Doppeltreffer. Sie vernahmen das Krachen der Aufschläge und Explosionen, aber kein großartiges Getöse. Ablaufend beobachtete Wenke durch das Sehrohr. Das Schlachtschiff lag gestoppt da wie eine beleidigte Lady, an der sich jemand vergriffen hatte. Die Bewacher suchten überall dort, wo Wenke nicht war. Die Amis hatten eben zuwenig Erfahrung in der U-Boot-Bekämpfung. Minuten später lag das Schlachtschiff immer noch beinahe waagerecht in der See. Sie hatten möglicherweise Feuer an Bord, aber offenbar nichts Lebensbedrohendes.

Henrici saß oben im Turmsehrohr und rief herunter: »Er fängt an, achtern wegzusacken.«

Und langsam, aber wirklich betulich wie eine beleidigte Lady, kerzengerade und in aller Schönheit, sank das stolze Schlachtschiff in die Fluten des Indischen Ozeans. Als es völlig untergegangen war und nur noch die Spitzen des Kreuzermastes herausragten, war U-500 schon mindestens fünf Meilen entfernt. Doch plötzlich erschütterte eine gewaltige Faust den U-Kreuzer, gefolgt von einer Explosion, so stark und hart, wie Wenke nie eine gehört hatte. Erst unter Wasser war das Schlachtschiff offenbar explodiert, und zwar mit allem, was in ihm zu einer Explosion fähig war: Munition für die schweren Geschütze, Minen, Granaten, Treibstoff.

Wenke fühlte eine Art Triumph, als der Gegner in den Explosionen berstend auseinanderbrach. Und Henrici kommentierte: »Er ist langsam und stolz, aber am Ende doch qualvoll gestorben.«

Der Funkraum meldete an Brücke: »Schiff sendet kein Notsignal mehr.«

»Logisch«, kommentierte Henrici.

17

Weiße Farbe

Nicht nur die Offiziere, sondern jeder Mann auf U-500 wußte, daß sie in der Falle saßen. Die Alliierten würden jeden Kiel, den sie zur Verfügung hatten, dorthin schicken, wohin das U-Boot entkommen konnte – entweder in das Meer zwischen Ceylon und Sumatra oder zum Kap der Guten Hoffnung.

»Und dort kriegen sie uns«, fürchtete der I WO.

Nach minutenlanger Stille ließ sich Wenke endlich vernehmen: »Oder auch nicht.«

Ungern machte er seine Leute mit der letzten Möglichkeit einer Flucht bekannt. Die Idee war zu tollkühn und zu gefährlich, zu irrsinnig, aber sie hatten wohl keine andere Wahl.

»Das Meer hat noch einen einzigen Ausgang«, deutete er an.

Sie alle waren Seeleute genug, um zu wissen, was er meinte: »Den Suezkanal«, nannte es einer beim Namen.

»Das ist entweder Wahnsinn oder Selbstmord.«

Der Obersteuermann suchte die nötigen Unterlagen zusammen. Seine Stimme klang sachlich. »Suezkanal, Großschiffahrtsweg zwischen Port Said am Mittelmeer und Suez am Roten Meer. Läuft durch den Großen und Kleinen Bittersee, 160 Kilometer lang, etwa 15 Meter tief.«

»Zu flach zum Tauchen.«

Der Obersteuermann fuhr fort. »Sohlenbreite 50 bis 100 Meter.«

Jetzt ließ sich Henrici, der von dieser Wahnsinnsidee offenbar gar nicht so erschüttert war, vernehmen: »Aber der ganze Kanal ist ohne Schleusen. Vielleicht haben sie an der Einfahrt und an der Ausfahrt Balkensperren oder ein paar Blockschiffe liegen. Die machen aber auf, wenn Konvois passieren. Ungefähr drei Konvois laufen pro Tag durch.«

»Fahrzeit?« fragte Wenke.

»Beträgt etwa fünfzehn Stunden, weil man meistens im Bittersee stoppt, wo sich die Konvois begegnen und aneinander vorbeifahren müssen.«

»Sieht gut aus«, meinte der II WO.

Kapitänleutnant Henrici hob abwehrend die Hand. »Nein, meine Herren, es sieht sogar schlecht aus. An den Ufern gibt es Befestigungen mit Scheinwerferstationen, die ständig den Kanal und besonders nachts die Konvois ableuchten. Selbst wenn wir uns an einen Konvoi hängen, kommt ein U-Boot wie wir niemals heil bis ins Mittelmeer.« Henrici war aber kein Mann, der Warnungen aussprach, ohne eine Problemlösung bereit zu haben.

»Wir müssen uns eben tarnen«, entschied Wenke.

»Und zwar als Fischdampfer«, schlug Henrici vor.

Der LI, ein Mann der Praxis, hatte eine Idee: »Wir bemalen den Turm mit Sichtfenstern und Schott wie das Steuerhaus eines Fischdampfers mit schönen dicken weißen Türen und Fensterrahmen. Die vordere Kanone decken wir ab mit Kisten, Kartons und Fässern. Was wir bräuchten, wäre nur noch ein Fischernetz, das wir vom Sehrohr nach achtern spannen.«

Henrici hatte auch noch einige passende Vorschläge. »Ich kenne den Kanal«, sagte er, »habe ihn als Zweiter Offizier auf einem Rohgummifrachter mehrmals durchfahren. Es gibt zwei Pontonbrücken, auf die man achten muß. Hineinlotsen kann ich euch.«

Es ging noch lange um Details, bis der LI sagte: »Weiße Farbe. Woher nehmen und nicht stehlen?«

»Wenn schon nicht stehlen, dann einfach klauen«, schlug der II WO vor.

Im Arabischen Meer, besonders dort, wo es in den Golf von Akaba hineinging, trieben sich immer eine Menge Fischkutter herum und Dhaus. U-500 suchte sich einen Einzelfahrer aus, ein relativ neues, nicht heruntergekommenes Fahrzeug, und tauchte neben ihm auf. Als die Fischer das vor Nässe triefende schwarze Monster sahen, glaubten sie an ein Meerungeheuer. Sie rannten hin und her, zogen Schwimmwesten an und wollten über Bord springen. Wenke versuchte sie auf Englisch zu beruhigen.

»Das verstehen die nicht«, sagte Henrici. »Die sprechen Küstenenglisch.« Er ließ sich das Megaphon geben und rief in Pidgin hinüber, daß sie Freunde seien und an Bord kämen.

Vorsichtig legte U-500 direkt neben dem Kutter an, rieb sich an den außenbords hängenden alten Autoreifen vor dessen hölzerner Wand. Henrici und Wenke sprangen hinüber, während der Kutter mit Bootshaken festgehalten wurde. Der Fischer hatte tatsächlich ein paar Kübel weißer Farbe an Bord und sogar ein altes Ersatzfischernetz. Wie alle Levantiner wurde der Kapitän, als die Angst verflogen war, zum Schlitzohr und ließ sich Farbe und Netz teuer bezahlen. Wenke honorierte ihn mit einer Krüger-Rand-Goldmünze aus dem Beutel, den sie, versteckt unter der Verpflegung der Luxusyacht in der Malakkastraße, gefunden hatten. Der Kutter warf den Diesel an und fuhr weiter. U-500 tauchte ab.

In der Nacht, als die restliche Wärme die Stahlplatten am Turm getrocknet hatte, bemalten die Männer ihn unter Aufsicht des Leitenden ähnlich dem Steuerhaus eines Fischdampfers. Das Netz spannten sie vom Sehrohr, das ebenfalls weiß gestrichen war, über die Flakgeschütze im Wintergarten bis achtern.

»Dort hängt es zur Ausbesserung«, meinte der II WO.

»Von einem Helgoländer Heringskutter nicht zu unterscheiden«, frozzelte Henrici.

Sie mußten aufgetaucht weiterlaufen, damit die Farbe nicht abgewaschen wurde. Inzwischen nähten Besatzungsmitglieder unter Deck eine englische Flagge sowie eine grüne mit einem roten Halbmond.

Gegen Morgen, als die kritischen Stunden begannen, meldete der I WO: »Farbe ist staubtrocken, Herr Kapitän.«

Mit ausgefahrenem Sehrohr tauchten sie vorsichtig, damit sie die Kulisse mit dem Netz nicht zerstörten.

Sie liefen längst Nordwestkurs Richtung Rotes Meer. Hin und wieder sichteten sie ein Aufklärungsflugzeug, aber kaum einen Verfolger, denn das, was sie versuchten, damit rechneten wohl auch die Engländer nicht, die nie um einen Trick verlegen waren. Sie schnorchelten die zweihundert Meilen von Kap Sharm El Sheikh das Rote Meer hinauf Richtung Suez. Dabei sorgten sie immer für volle Batterien, schonten die Diesel und legten sich nördlich von Ras El Sudr auf Grund. Die Besatzung sollte schlafen, Ruhe finden. Einer der Offiziere blieb immer im Horchraum oder am Sehrohr. Es dauerte einige Zeit, bis sich etwa ein Dutzend Frachter vor der Kanaleinfahrt zu einem Konvoi versammelte.

»Sie werden die Dunkelheit abwarten«, vermutete Henrici, »denn sie haben Schiß. Ein paar deutsche Bomber könnten sich bis hierher verirren.«

In der Dunkelheit lösten sie sich vom seichten Grund und schlossen sich als letztes Schiff dem Dampferkonvoi an.

Das Wasser im Kanal stank nach Teer und Ölrückständen und sonstigen Verschmutzungen, denn hier gab es keinerlei Kanalisationen. Die Anwohner warfen einfach alles ins Wasser.

Noch gemächlich ging es vorbei am Hafen entlang dem Damm, der mit Suez verbunden war. Langsam setzte sich der Konvoi in Bewegung. Er lief etwa neun Knoten.

»Wegen der Uferbefestigungen so langsam«, sagte Henrici.

»Ich wäre gerne mit zwanzig Knoten durchgedonnert«, gestand Wenke.

Auf beiden Seiten des Kanals waren die Orte, die Befestigungen und die Dörfer hell beleuchtet. Ab und zu erfaßte sie ein Scheinwerferstrahl, aber im wesentlichen ging es ruhig dahin, und die ganze Sache sah nicht besonders gefährlich aus.

Während er neben Henrici und dem I WO auf der Brücke stand, wanderten Wenkes Gedanken Jahre zurück, 1936 oder 1937 mußte das gewesen sein. Eine endlos lange Nachtfahrt auf der Autobahn von Berlin nach München. Er, Wenke, und sein bester und einziger Freund Armin von Demuth waren unterwegs gewesen. Das Auto gehörte ihnen nicht, die Zeit gehörte ihnen nicht und ihr Leben auch nicht. Das weiße Mercedes-Sport-Cabrio war Eigentum von Tina Lauenstein, der Gattin des Zeitungsverlegers. Die Zeit, die sie hatten, war auf zweiundsiebzig Stunden begrenzt, drei Tage Sonderurlaub. Armin kam von seiner Schnellboottruppe und Wenke von seinem U-Boot, das in Kiel in der Werft lag. Sie mußten also übermorgen abend spätestens wieder einpassieren. Und ihr Leben gehörte ohnehin mehr oder weniger der Kriegsmarine.

»Das wird eine schnelle Reise«, bedauerte Armin. »In drei Tagen von der Küste bis nach Bregenz am Bodensee und zurück, Mamma mia.«

»Was tut man nicht alles für die Damen«, sagte Wenke.

»Du«, schränkte Demuth ein. »Ich habe ja keine.«

Damit erinnerte er Chris Wenke unabsichtlich an dieses Drama mit einem wunderschönen dunkellokkigen Mädchen, das Demuth einmal in London und dann nie wieder gesehen hatte.

Armin von Demuth hatte noch einen zweiten Vornamen. Omar. Nach Hadschi Halef Omar, einem Begleiter von Old Shatterhand, denn sein Vater war Karl-May-Liebhaber.

Die Familie Demuth lebte selten auf dem väterlichen Milchgut in Schleswig-Holstein/Dithmarschen. Als Diplomat mußte Demuth mit seiner Familie ziemlich oft umziehen, den Wohnort wechseln. Von Rom nach London, von Montreal nach Kopenhagen, dann wieder Washington.

»Meine Eltern schleppten mich immer mit wie Zigeuner, wie das fahrende Volk seine Kinder. Ich war kaum sechzehn, besuchte meine ersten Empfänge und Bälle. Im Buckingham Palace, auf einem dieser Feste, sah ich ein wunderschönes dunkellockiges Mädchen meines Alters und war wie vom Schlag gerührt. Wir tanzten, als gehörten wir zueinander, wir verstanden uns mit jedem Wort, mit jeder Geste, mit jeder Bewegung. Sie sah aus wie von Botticelli gemalt – die Augen, der Mund, das Haar, das alles. Viel zu schnell ging der Ball zu Ende. Irgendwie nahmen ihre Eltern sie in die Mitte, und der Rolls-Royce fuhr einfach weg. Natürlich forschte ich nach ihr, anhand von Gästelisten, mit Hilfe von Fotos in Londoner Gesellschaftsmagazinen. Ich fand auch ihren Namen. Sie war Deutsche, Ursula Lützelburg, wohnhaft – das war nicht zu ermitteln. Nur eben, daß ihre Familie Erbe einer Werft in Rostock ist.

Ich schrieb Briefe dorthin, erhielt aber keine Antwort.«

»Du warst eben nicht hartnäckig genug«, unterbrach ihn Chris Wenke.

Omar schien es kaum zu hören und fuhr fort: »Von Ribbentrops Außenministerium wurde mein Vater nach Berlin versetzt. Ich machte Abitur und muß zu meiner Schande gestehen, daß meine Versuche, Ursula zu finden, einschliefen, was ich heute unendlich bedauere.«

»Und warum bist du Marineoffizier geworden?«

»Das ist in meiner Familie Tradition. Und sonst hätten wir uns ja wohl nicht kennengelernt.«

»Wobei ich die Ehre hatte, dich aus dem Wasser zu ziehen, als du beim Segeln im Stralsunder Bodden über Bord gingst«, erwähnte Wenke nebenbei.

»Wollte ja nur sehen, ob der Wein im Heckwasser kühl genug war. Natürlich danke ich dir trotzdem.«

Gemeinsam zogen sie ihre Ausbildung bei der Kriegsmarine durch. Sie absolvierten Lehrgänge: Schiffsartillerie, Navigation und andere. Als Adliger kam Leutnant Omar zu den Schnellbooten, Wenke wegen seiner unbeabsichtigt guten Navigationsnoten zu den U-Booten.

Auf einem kerzengeraden Stück Autobahn fuhr Wenke plötzlich langsamer.

»Ist was mit dem Motor?«

»Frau Konsul bat darum, nicht immer Vollgas zu geben.«

»Hatte sie sonst noch Wünsche?«

»Ja. Ich soll ihre Tochter küssen.«

»Was du ausgiebig tun wirst.«

»Aber ich soll ihr bitte kein Kind machen.«

Jetzt wunderte sich Demuth doch einigermaßen. »Seid ihr schon so weit? Also ich würde mit der Frau, die ich liebe und ehre, erst in der Hochzeitsnacht zum ersten Mal schlafen.«

Wenke lachte kurz auf. »Das unterscheidet den Adel vom gemeinen Volk. Der Prolet will Sex.«

An der Tankstelle in Ingolstadt nahmen sie Benzin und eine Tasse Kaffee. Demuth übernahm das Fahren.

»Das Auto hat Schweizer Kennzeichen«, sagte er.

»Warum nicht? Die Lauensteins haben einen Wohnsitz am Lago Maggiore.«

»Was ebenfalls die gemeinen Millionäre vom armen Adel unterscheidet. Die Herrschaften wollen sich wohl zurückziehen, wenn es in Polen kracht?«

Sie wechselten das Thema, rollten durch München, verfuhren sich, dann mit Vollgas weiter Richtung Lindau. Dort waren in einem Hotel für sie Zimmer bestellt.

»Warum zwei?« fragte Demuth.

»Ja, warum wohl?« antwortete Wenke.

Sehr früh am Morgen wurde geklopft. Giselle schlüpfte herein. Sie zog sich sofort splitternackt aus und kroch zu Chris unter die Decke.

»So brauchst du mir nicht unter den Rock zu gehen.« Sie umarmten sich, küßten sich und liebten sich heiß und innig. Als sie nebeneinander lagen, ihr Kopf auf seinem Arm, sagte sie unvermittelt: »Ich möchte ein Kind von dir, Chris.«

Er nahm es nicht ernst. »Wann?«

»Jetzt gleich, bitte.«

»Doch nicht in diesen Zeiten, und außerdem ...«

»Ja, was, außerdem?«

»... hat mich die Frau Konsul gebeten, in dieser Beziehung aufzupassen.«

Sie löste sich von ihm, setzte sich auf, zog die Bettdecke bis zum Busen und schimpfte los: »Was geht meine Mutter mein GeVau an?«

»Was ist GeVau?«

»Der juristische Ausdruck für Geschlechtsverkehr«, erklärte sie. »Außerdem möchte die gnädige Frau nur nicht Oma werden. Und was redest du da von ›nicht in dieser Zeit‹? Wir haben Frieden.«

»Das kann sich ändern. Und wenn ich drei Monate auf See muß?«

Sie war nicht mehr wütend, sondern komisch, als sie sagte: »Dann wird das eine wunderbar ruhige Zeit der Schwangerschaft. Außerdem«, fuhr sie fort, »haben wir doch keine Sorgen. Für das, was ich erbe, kann ich mir die halbe Schweiz kaufen, und du verdienst auch zweihundertachtzig Reichsmark im Monat.«

»Dreihundertzwanzig«, verbesserte er sie. »Aber wir gehen kritischen Zeiten entgegen.«

»Ich sehe nichts davon«, antwortete sie. »Ich lese sogar manchmal Zeitung und höre Radio.«

»In Polen kann es losgehen, und wenn dort was passiert, greifen die Engländer und Franzosen ein. Es gibt da ein Hilfsabkommen.«

»Du siehst schwarz«, sagte sie und machte einen Vorschlag. »Wir wär's mit einem Vertrag?«

»Zwischen uns beiden?«

»Ja. Zwischen Gisela Lauenstein und Oberleutnant zur See Chris Wenke. Wenn es Krieg gibt, vergessen wir das mit dem Baby. Ist aber bis Ende des Jahres kein Krieg, machst du mir eines.«

»Bevor ich mich schlagen lasse«, erwiderte er, »aber ziemlich schamlos bist du schon.«

Sie liebten sich, bis an der Tür geklopft wurde.

Draußen rief Omar: »Kann ich reinkommen?«

»Nein!« Gisela sprang aus dem Bett und verschwand im Badezimmer. Minuten später stand sie geduscht und angezogen da und ließ Demuth herein.

»In drei Stunden fängt der Ball an«, erinnerte Demuth.

Gisela nahm den Autoschlüssel und die Papiere vom Tisch, küßte Wenke zum Abschied. »Ich fahre nur schnell nach St. Gallen zurück.«

»Und wie kommen wir zu der Festivität?«

»Mit dem Taxi oder per Schiff. Oder soll ich mich mit meinem Chanel-Fummel in den Schulbus zwängen?«

Damit war sie weg.

Demuth goß sich einen Rest aus der Champagnerflasche ein. »Warum findet dieser Ringelpiez eigentlich in Bregenz statt?«

Wenke konnte es nur so erklären: »Weil eine Menge von den Mädchen Freunde haben, die Soldaten sind, und heutzutage ist es schwer, ein Kurzvisum für die Schweiz zu erhalten.«

»Na, von mir aus«, meinte Demuth.

Sie trugen ihre beste Ausgehuniform. Das Schiff legte direkt vor dem Casino an. Auf dem Parkplatz fanden sie den Lauenstein-Mercedes frisch aufgetankt. Wegen des Nachttaus schlossen sie das Verdeck, dann folgten sie der Musik durch den Park, die breite Freitreppe mit den Kandelabern hinauf zum hellerleuchteten Festsaal des Casinos.

Die Veranstalter hatten zwei Kapellen aufgeboten, eine mit Streichern für die Walzer und eine mit viel Blech für die Swingmusik. Der Laden war schon brechend voll. Nur wenige Zivilisten, sonst nur Uniformen – die grauen der Heeresoffiziere, die Flieger mit den gelben Abzeichen und hochelegant die Panzeroffiziere in Schwarz mit ihren roten Käppis. Dann gab es noch andere schwarz Uniformierte, das waren die SS-Junker von der Ordensburg, alles recht tapfer aussehende Hünen. Kaum hatte Gisela Chris Wenke entdeckt, kam sie, gefolgt von einem Schwarm Verehrer, auf ihn zu, umarmte und küßte ihn als deutliches Zeichen für die Verehrer. Sie trug ein umwerfendes Kleid aus zartgrüner Seide, passend zu ihrer Haarfarbe, eng wie ein Futteral, von den Achselhöhlen aufwärts kein Stoff mehr und vom Knie ab geschlitzt. Sie sah aus wie aus einem Modemagazin.

Chris schaute sich um. »Wo ist deine Freundin?«

»Du weißt, sie macht sich nicht viel aus Männern. Sitzt an der Bar und läßt sich vollaufen.«

Sie nahm Omar bei der Hand und führte ihn quer durch den Saal zu der American Bar hinten in der Ecke. In dieser Sekunde war Oberleutnant von Demuth noch ein normaler Mensch, aber zwei Herzschläge später schien er sich völlig verändert zu haben. Giselas Freundin Ursula von Lützelburg hatte sich nur halb umgedreht, da fühlte Gisela Omars verkrampfte Finger auf ihrem Oberarm. Er schien zu taumeln, als verliere er das Gleichgewicht. Sein Gesicht erblaßte, die Haut, grau wie ausgepreßter Quark, schien jeden Tropfen Blut verloren zu haben. Schwer atmend faßte er sich und ging auf Ursula, das Mädchen aus dem Buckingham Palast, das er jahrelang gesucht hatte, zu. Sie saß einfach da!

Omar stieß etwas hervor, es klang ganz verzweifelt: »Verdammt, wo hast du dich die ganze Zeit ...« herumgetrieben, wollte er sagen, nahm sich dann aber zurück, »... versteckt?«

Sie hatte zwei volle Champagnergläser vor sich stehen, reichte ihm eins davon und antwortete beherrscht: »Was ich dich auch fragen könnte.«

Den ganzen Abend sah es so aus, als habe es zwischen der Nacht in London und der Nacht heute in Bregenz überhaupt keinen zeitlichen Abstand gegeben. Obwohl das eine 1937 gewesen war, und jetzt war Sommer 1939. Die beiden ließen sich durch nichts voneinander wegkriegen. Sie saßen eng beisammen und redeten und redeten. Ab und zu tanzten sie auch, aber dann nur etwas Langsames, einen wiegenden Foxtrott mit vielen Geigen. Chris warf Gisela immer wieder Blicke zu.

»So viel Glück auf einem Haufen.«

»Glücklicher als ich ist Ursula bitte auch nicht mit ihm«, tat sie es ab.

»Wenn du adelig bist, bekommst du eben mehr davon.«

»Unsereins muß das selbst in die Hand nehmen.«

Viel zu schnell wurde es Mitternacht. Der Ball ging

weiter, aber Chris Wenke mußte sich zwischen Ursula und seinen Freund zwängen.

»Tut mir leid«, sagte er, »aber wir haben tausend Kilometer Nachtfahrt vor uns.«

Er ging schon hinaus zum Parkplatz. Er und Gisela wollten nicht Zeuge dieses herzzerreißenden Abschieds werden. Omar sang, wie ihn Wenke gar nicht kannte, laut und aus voller Brust: »Hoch auf dem gelben Wagen ... rauschendes Ährengold. Ich wär so gerne noch geblieben, aber der Wagen, der rollt.«

Der Konvoi hatte sich um 17 Uhr in Suez in Bewegung gesetzt und erreichte nun nach fünf Stunden den Bittersee. Dort warteten einige Schiffe. Sie liefen an ihnen vorbei Richtung Port Said, während die anderen Richtung Suez weiterdampften. Am Kanaleingang am Ende des Bittersees war die Pontonbrücke geöffnet. Kaum waren sie durch, erfaßten sie wieder Scheinwerfer. Ein Landposten morste aufgeregt herüber.

»AN KONVOI KOMMODORE: IHR GELEITZUG HAT EIN SCHIFF MEHR. NEUNZEHN STATT ACHTZEHN.«

Worauf der Konvoiführer durchmorsen ließ: »LERNEN SIE ERST MAL ZÄHLEN, JUNGER FREUND.«

Daraufhin blieb die Landkontrollstelle dunkel.

In ihrer langsamen Fahrt hatten sie von den einhundertdreiundsiebzig Kilometern jetzt etwa die Hälfte hinter sich gebracht. In der Ferne tauchte Lichtgeglitzer auf, es war Ismailia, die Stadt. Es gab zwar hauptsächlich nur Petroleumbeleuchtung, aber von Verdunkelung hielten sie hier nichts.

»Diese Fellachen legen alles in Gottes Hand«, bemerkte Henrici. »Erstens verirrt sich kein deutscher Bomber hierher, außerdem bauen sie ihre Lehmhäuser morgen wieder auf, wenn sie gestern zerstört wurden.«

Der Konvoiführer tastete das Fahrwasser ständig mit Scheinwerfern ab, damit sie nicht aus der Spur kamen, und der nachfolgende Dampfer blieb genau in seinem Kielwasser und Hecklicht. Trotzdem war der Geleitzug beinahe zwei Kilometer lang. Als letztem im Geleit fiel Wenke die langsame Fahrerei auf die Nerven, aber Überholen hätte ihn verraten. Zum Glück kam es bis zum Morgengrauen nicht zu weiteren Zwischenfällen. Wenn auch Scheinwerfer sie erfaßten, so hielt man sie doch für einen größeren Fischdampfer.

Über Port Said zu begann es hell zu werden, die Autos auf der Straße neben dem Kanal löschten ihre Scheinwerfer, und auf dem schnurgeraden Stück bis zur Kanalausfahrt erhöhte der Konvoi sogar seine Geschwindigkeit.

»Ab sofort acht Knoten«, kam durch.

Vor der Hafeneinfahrt nach Port Said scherte der Konvoi um wenige Grad nach Westen aus. Grünes Signal zeigte an, daß die Blockschiffe die Sperre beiseite gezogen hatten. Bald lag das breite Fahrwasser mit seinen Tonnen vor ihnen. Nicht weit weg roch man die offene See.

»Frage Wassertiefe«, rief Wenke zum Obersteuermann hinunter.

»Jetzt dreißig Meter«, kam es herauf. »Stark abfallend. Am Ende der Fahrrinne fünfzig Meter.«

Da Wenke nicht wußte, was ihnen außerhalb der Hafeneinfahrt bevorstand, ob es da Bewacher gab oder Vorposten, Schiffe, die seine Bemalung als Tarnung erkannt hätten und auch die mühsam zusammengeflickte britische Flagge, forderte er beide Diesel an, ließ sie erst mit halber Fahrt, dann mit großer Fahrt und schließlich AK laufen. Mit nahezu zwanzig Knoten Geschwindigkeit überholte er die Konvoischiffe, die sich jetzt langsam zerstreuten, denn der Kommodore hatte sie für eigenen Kurs freigegeben. Henrici deutete nach nahezu voraus. Dort schälte sich gerade etwas noch Graueres aus dem grauen Dunst – zweifellos eine britische Korvette. Sie lief quer zu ihrem Kurs. Wenke ließ alarmtauchen.

Unbemerkt von dem Engländer erreichten sie die offene See, die hier Levantinisches Meer hieß. Wenke wählte den Kurs halbwegs zwischen Zypern und Kreta hindurch. 260 Grad würden sie zu den Ägäischen Inseln führen. Ein Blick durch das Sehrohr – kein Verfolger zu sehen. Auch der Horchraum meldete keine Maschinengeräusche.

Wenke ließ die Kriegswache wegtreten. Später ging er auf Schnorcheltiefe, lief weiter mit Dieseln, um die Batterien aufzuladen.

18

Küsten des Lichts

Bis zum Dodekanes und den südlichen griechischen Sporaden lagen etwa sechshundert Meilen vor ihnen. Der Leitende kam vorbei, wie immer mit einem Aschermittwochgesicht.

»Am Treibstoff kann's nicht liegen«, sagte der Kommandant.

»An der Batterie«, informierte ihn der LI. »Wir haben sie jetzt über ein Jahr pausenlos in Betrieb. Einmal leer, einmal voll und immerzu leer – voll. Hunderte von Vorgängen. Einige der Zellen haben wir schon mit Bordmitteln ausgetauscht, manche sind defekt. Die mußten wir überbrücken. Eigentlich ist ein Batterieaustausch fällig.«

»Welche Leistung haben wir noch, LI?«

»Fünfundsiebzig bis achtzig Prozent, Herr Kapitän.«

Ingenieure arbeiteten ja immer mit einer gewissen Toleranz bei ihren Angaben. Wenke konnte ihm im Augenblick auch nicht helfen.

Immer wieder meldete der Horcher – wenn sie aufgetaucht fuhren, die Brückenwache – kleinere Schiffseinheiten. Die fuhren meist parallel zu ihrem Kurs in Richtung der türkisch-griechischen Grenze im Ägäischen Meer.

»Alles Engländer«, meinte der I WO, das Glas absetzend.

Das war ein Beweis dafür, daß fast alle Inseln hier zurückerobert und in englischer Hand waren.

Dazu kamen aus dem Funkraum immer weniger erfreuliche Nachrichten. Sobald der Wehrmachtsbericht durchgegeben wurde, schaltete der Funkmaat auf die Bootslautsprecher. Am 6. Juni waren die Alliierten in der Normandie gelandet. Trotz verzweifelten deutschen Widerstands nahmen sie schon am 8. Juni Bayeux ein, am 12. Juni Carentan, zehn Tage später kapitulierte Cherbourg.

»Mindestens zehntausend Schiffe, fünfzigtausend Panzer und mehrere Millionen Soldaten mischen da mit«, bemerkte Wenke zu Henrici. »Ihre Vorhersage traf also ein. Woher wußten Sie das? Haben Sie etwa noch Verbindungen zum Geheimdienst oder zur obersten Führung?«

Wenke lachte nur verhalten. Henrici ahnte nicht, wie nahe er an der Wahrheit stand. Wie es aussah, war die Invasion im Westen also nicht zu stoppen.

In der zweiten Nacht begegneten sie einem jener seltsamen Schiffe, die sich Artillerieprahm nannten. Das waren viereckige Stahlkästen mit flachem Boden und Tiefgang von kaum einem Meter, meistens bespickt mit Fliegerabwehrkanonen. Diese Prähme liefen verhältnismäßig schnell.

Der Obersteuermann kuppelte seinen Kurs mit und meinte vorsichtig: »Der läuft auf Rhodos zu.«

Sie folgten dem Prahm in der Hoffnung, er würde eine der noch von Deutschen besetzten Inseln ansteuern, denn die Wettervorhersage war sehr schlecht. Sie sprach von taifunartigen Stürmen. Das mochten die Prähme nicht. Sie mußten sehen, daß sie ab Seegang zwei oder drei in irgendeinen Hafen schlüpften.

Am Südkap von Rhodos, bei der Insel Prasonisi, machte der Prahm Kurswechsel auf die kleine Inselgruppe von Simi. Er erhöhte sein Tempo noch. Bis Simi waren es noch etwa achtzig Meilen, und das Wetter wurde zunehmend schlechter. Sie folgten ihm in der Dunkelheit, aufgetaucht.

In der Nacht erreichte U-500 ein geheimer Funkspruch, der allerdings sehr kurz und kaum verschlüsselt war. Er lautete: »ERMÖGLICHT TREFF ZWISCHEN 30. und 5. LISSABON.« Unten standen zwei einsame Buchstaben, L. und C.

Sie folgten dem Prahm bis zum Morgengrauen, wo er dann tatsächlich in einen Hafen hineinwitschte, allerdings nicht in Simi, sondern in Trianisia. Diese Inselgruppe war also von den Engländern noch nicht besetzt.

»Sie hat ja auch kaum strategische Bedeutung«, meinte der II WO.

Wenig später meldeten sich wieder jene zwei Männer der Besatzung bei Wenke, der Bootsmann Kupfer und der Matrosengefreite, die aussteigen wollten. Sie wiederholten höflich ihre Bitte. Wenn auch ungern, löste Wenke sein Versprechen ein.

»Wir fahren in der kommenden Nacht so dicht wie möglich an den Strand heran, setzen euch mit dem Schlauchboot über.« Eines vergaß er jedoch nicht zu erwähnen: »In einer Woche laufen wir den Tejo hinauf nach Lissabon. Portugal ist neutral, da habt ihr bessere Chancen.«

»Aber das Boot muß vorher durch die Meerenge von Gibraltar«, erwiderte der Bootsmann Kupfer. »Das verringert die Chancen. Von zehn Booten kommen da bestenfalls zwei durch.«

Wenke stimmte ihm zu, schränkte aber ein: »Das gilt für die Fahrt vom Atlantik ins Mittelmeer mit Gegenstrom. Wir bedienen uns aber der Unterwasserströmung und rauschen getaucht mit Karacho durch.«

Das Risiko war den beiden jedoch zu groß. Sie wurden mit Proviant ausgestattet, bekamen aus der Schiffskasse Reichsmark und zum Schluß jeder eine Goldmünze, einen Krüger-Rand aus der Yachtbeute.

»Davon ist jede mindestens dreihundert Dollar wert«, erklärte Wenke. »Also aufpassen beim Umtausch.«

Die Männer verabschiedeten sich mit feuchten Augen von ihren Kameraden und waren wenig später von Bord.

Inzwischen hatte sich das Unwetter so genähert, daß der Wind Sturmstärke aus Nordost annahm. Morgengrauen fand kaum statt. Ringsum blieb der Horizont schwarz, die Sonne drang noch nicht durch. Bei der Neuaufnahme von Südwestkurs meldete der Ausguck am Horizont ein größeres Schiff. Sie berechneten dessen Kurs und liefen in spitzem

Winkel auf den Gegner zu, so lange, bis der Brückenausguck den anderen deutlich im Glas hatte und meldete: »Fehlanzeige. Ist ein türkisches Schiff. Name ›Yarima‹.«

»Die Türkei ist Kombattant.«

»Aber ein Lazarettschiff ist es nicht, Herr Kapitän.«

Also setzten sie vom Kurs wieder ab.

»260 Grad steuern.«

»Enttäuscht?« fragte Henrici.

»Eigentlich haben wir genug«, stellte Wenke fest.

Plötzlich war es so, als rolle aus der Richtung des griechischen Schiffs das Unwetter heran, erste Blitze und Donner. Im Glas erkannten sie, daß es nicht das Unwetter war, sondern Flugzeuge, die in Ketten anflogen, sich auf das Lazarettschiff stürzten und dabei ihre Bomben lösten. Sie trafen so genau, als hätten sie das jahrelang geübt.

Plötzlich stieß einer von der Wache einen Fluch aus. »Verdammt, das sind deutsche Maschinen, Herr Kapitän.«

»JU-87. Stukas.«

Erst hielten Wenke und sein I WO dieses Vorgehen – Bombardierung eines Lazarettschiffs – für unmöglich, doch die Anflüge hörten nicht auf, bis das Lazarettschiff zu qualmen anfing, dann zu brennen begann, explodierte und schließlich sank. Jetzt erst drehten die deutschen Stukas Richtung Festland ab. Kaum waren sie weg, brach das Unwetter los. Wenke blieb aufgetaucht und näherte sich der Versenkungsstelle. Dort trieben mindestens ein Dutzend völlig überladener Rettungsboote. Die Matrosen, naß, frierend in Decken gehüllt, würden den aufkommenden Sturm unmöglich überstehen, das wußte Wenke. Er schielte den erfahrenen Henrici an, und der zuckte nur mit der Schulter.

»Maschine stopp.«

Mitten unter den Rettungsbooten nahm Wenke sein Megaphon und erteilte Anweisungen: »Hängt euch zusammen, wir schleppen euch in den nächsten Hafen.«

Die Boote hingen schon zusammen, sie brauchten nur noch eine Schleppverbindung herzustellen. Also schossen sie eine Leine hinüber. Rasch ermittelte der Obersteuermann den kürzesten Weg zum nächsten schützenden Hafen. Der Ort war die Insel Astimpalea, immerhin fünfzig Meilen entfernt. Während das Wetter dicht an ihnen vorbeizog, sie mit einem Regensturm überschüttete, zogen sie die Kette der Rettungsboote nach Nord bis in die Nähe des Festlandes, bis das Leuchtfeuer der Insel deutlich sichtbar wurde. Die paar Meilen konnten die Männer noch rudern. U-500 warf die Schleppleine los.

Der griechische Kapitän rief durch die Hände, zu einem Trichter geformt, hinüber: »Ich bin Kapitän Spencer. Sie haben unser Leben gerettet, wir danken Ihnen.«

U-500 setzte seine Fahrt Richtung Gibraltar fort. Damit verließen sie jene wunderschönen, paradiesischen Küsten, die heute allerdings ein bißchen wie der Höllenschlund aussahen.

Einst hatte Wenke vorgehabt, mit Omar, Ursula und Giselle hier einen Sommer lang zu segeln. Das war noch zu Anfang des Katastrophenjahres 1940. Er war mit seinem Boot von einer längeren Feindfahrt im Mittelatlantik zurückgekehrt, vier Wochen Werftliegezeit bei Krupp Germania in Kiel waren vorgesehen. Auf dem Wohnschiff eilte Wenke sofort zur Poststelle. Doch unter den Briefen war kein einziger mit der beinahe kindlichen Handschrift Giselas. Er forschte nach, ob es vielleicht einen Irrtum gegeben habe, rief aber dann besorgt in Berlin an, erst in der Villa Lauenstein, dann in der Redaktion von Lauensteins größter Zeitung. In der Villa hieß es, die Herrschaften hätten sich zu ihrem Schweizer Wohnsitz begeben, und im Verlag hatte Lauenstein bei seiner Abreise dem Chefredakteur Generalvollmacht übertragen.

»Und wo ist Lauensteins Tochter?« wollte Wenke von ihm wissen.

»Vermutlich hat sie ihre Eltern begleitet. Etwas Genaues wissen wir nicht«, erfuhr er.

Sie konnten Wenke die Telefonnummer am Lago Maggiore nicht geben. Also versuchte er in seiner Verzweiflung, den Baron von Demuth zu erreichen. Der lag mit seiner Schnellbootgruppe in einem Nordseehafen. Am nächsten Morgen bekam er ihn tatsächlich an den Apparat.

Omar wirkte völlig verändert. Seine Stimme war rauh und brüchig, er weinte beinahe. Wenke schilderte ihm seine Lage, drückte seine Besorgnis aus, und Omar sagte nahezu stimmlos: »Weißt du denn nicht, was passiert ist?«

Bevor er die Sache jedoch dem Telefon anvertraute, schlug Omar vor, daß sie sich auf dem Demuthschen Gut nördlich von Kiel an der dänischen Grenze treffen sollten. Dieser Ort war für jeden von ihnen in wenigen Stunden erreichbar.

Als Wenke Demuth wiedersah, glaubte er, in dem Freund einen völlig gebrochenen Menschen zu erkennen. Er ging wie ein Greis. Am Uniformärmel trug er schwarzen Trauerflor. Im Gutshaus begann er endlich zu berichten. Dabei trank er Unmengen von Cognac, als müsse er sich vor jedem Satz innerlich betäuben.

»Daß die Mädchen ihr Schweizer Pensionat in St. Gallen verließen und in ein vornehmes Internat am Wannsee gingen, das weißt du ja.«

»Unsretwegen«, ergänzte Wenke. »Und weil sie Abitur machen wollten.«

Mühsam fuhr Omar fort, wischte sich immer wieder von der Stirn über das Gesicht, um sich konzentrieren zu können, und so, als bereite ihm der Bericht körperlichen Schmerz: »Dieses feine Pensionat gab ständig Feste und Bälle für junge Offiziere, um den Mädchen Verehrer zuzuführen, eventuell auch Eingang in die entsprechende Gesellschaft. Einmal im Herbst hatten sie den großen Abschlußball.«

»Wir konnten beide nicht teilnehmen«, erinnerte sich Wenke.

»Der Ball fand auf Görings Jagdschloß in der Schorfheide statt. Muß eine Riesenfete gewesen sein, Kapelle Bernhard Eté und so. Jedenfalls wurden ein paar Mädchen mit irgendwelchen Zusätzen in den Cocktails oder im Sekt willenlos gemacht und von SS-Offizieren in ein Jagdhaus in die Wälder gebracht.

Dort fielen die Herren über die beinahe apathischen, aber sich heftig wehrenden Mädchen her und vergewaltigten sie mehrmals. Sie gehörten alle der Organisation Lebensborn an, und es hieß, sie wollten dem Führer ein Kind schenken.«

Da Demuth nicht weitersprach, ergänzte Wenke mit deutlich brüchig werdender Stimme: »Gisela und Ursula waren auch dabei.«

Omar atmete schwer und kam dann zum Schluß: »Wie die Mädchen nach Hause kamen, das weiß ich nicht. Jedenfalls schlossen sie sich vor Scham in ihre Zimmer ein, beichteten nur ihren Eltern. Dabei fiel der Name des Anführers der SS-Gruppe: Es war ein Standartenführer Wolfstein. Angeblich. Er hatte sich besonders Ursula und Gisela vorgenommen. Die Mädchen waren in den nächsten Tagen kaum ansprechbar. Später kam hinzu, daß Ursula sich schwanger fühlte. So kam es, daß sie beschlossen, gemeinsam in den Tod zu gehen. Sie schwammen nachts bei eisigen Temperaturen hinaus in den Wannsee, bis ihre Kräfte zu Ende waren. Ursula tauchte als erste für immer weg. Da man die Mädchen verzweifelt suchte, konnte Giselle noch lebend gerettet werden. Nach wochenlangem Krankenhausaufenthalt gesundete sie körperlich wieder. In der Zwischenzeit war ihre Freundin Ursula auf dem Friedhof in Potsdam beerdigt worden. Gisela blieb so verschlossen und depressiv, daß ihre Eltern sie in ein Sanatorium in die Schweiz brachten.«

»Und diese Riesensauerei kam nicht in die Presse?« begehrte Wenke wütend auf.

Der Baron schüttelte den Kopf. »Das Reichspresseamt hat durch Druck der Gestapo alle Veröffentlichungen verhindert. Niemand schrieb darüber, niemand spricht darüber. Aus Angst vor Repressalien.« Lange sagte Omar nichts mehr. »Ich erfuhr durch die Eltern der Mädchen von den Vorgängen. Und diesen verdammten Namen Wolfstein ...«

Der Baron leerte noch ein Glas Cognac ex, winkte dann Wenke, ging hinaus in die Halle, öffnete den Waffenschrank seines Vaters und entnahm ihm ein langläufiges Gewehr mit Zielfernrohr.

»Eine Winchester-Büchse, wie sie amerikanische Scharfschützen verwenden.« Der Baron nahm die Waffe heraus, lud sie mit Spezialpatronen und steckte sie in ein Futteral. »Trifft auf tausend Meter. Mir genügen fünfhundert. Das Ziel ist nicht weiter weg.«

»Und wer«, fragte Wenke, »ist es?«

»General Wolfstein«, antwortete der Baron bitter. »Das hier ist sein Foto.«

»Mehr ein Gorilla.«

»Und so wird er sterben.«

In einem der Demuthschen Autos, einer Horch-Limousine mit Diplomatenkennzeichen, fuhren sie nach Berlin. An einer breiten Straße, auf deren linker Seite ein Park begann, während auf der rechten Seite Handwerker letzte Hand an eine Holztribüne legten, sagte der Baron: »Hier findet der Vorbeimarsch anläßlich des polnischen Sieges statt. Panzer, Artillerie, Soldaten.« Er deutete auf die andere Seite des Parks. Dort gab es hohe fünfstöckige Häuser. »Hier habe ich einen Concierge bestochen. Er stellt mir auf dem

Dachboden eine Kammer mit Fensterluke zur Verfügung. In zehn Tagen ist es soweit.«

Wenke wagte den Entschluß seines Freundes nicht zu kommentieren. Womit Demuth im Falle eines Fehlschlags, aber auch im Falle eines Gelingens zu rechnen hatte, mußte dieser selbst wissen. Die Polizei und die Geheimpolizei ganz Deutschlands würden ihn jagen. Wenke sagte nur: »Gott mit dir, mein Freund.«

Omar von Demuth kam nicht zu dem erlösenden Schuß auf General Wolfstein. Wenige Tage später kam es zu einer totalen Urlaubssperre bei allen Marineverbänden und am 9. April zum Blitzkrieg gegen Norwegen, das die Deutschen besitzen wollten, ehe die Engländer ihnen zuvorkamen. Deren Home-Fleet lag schon auslaufbereit in den Nordseehäfen. Mit seiner Schnellbootgruppe fuhr Oberleutnant von Demuth Begleitschutz für zwei Truppentransporter, randvoll besetzt mit bayerischen Gebirgsjägern.

Trotz der schweren See fuhren englische Zerstörer immer wieder Angriffe auf die deutschen Gruppenkonvois. Zwei Zerstörer nahmen sich den Dampfer vor, zu dessen Schutz die 27. Schnellbootflottille eingeteilt war.

Den ersten Zerstörer konnte das Boot Demuth mit einem Torpedotreffer versenken, der zweite Torpedo blieb trotz geöffneten Rohres aus irgendeinem Grund stecken. Der Brite lief mit voller Fahrt auf den Truppentransporter los. Demuth befahl seinen Männern, über Bord zu gehen. Er selbst steuerte sein Schnellboot mit höchster Geschwindigkeit in die Seite des britischen Zerstörers. Durch den Aufprall wurde die dünne Blechhaut des Engländers mittschiffs aufgerissen. Außerdem ging der Torpedo, den das Boot noch im Rohr hatte, jetzt hoch. Es kam zu einem Chaos aus Feuer und Explosionen.

Später suchten britische und deutsche Einheiten die See nach Überlebenden ab. Sie bargen auch einen Fleischklumpen ohne Arme und Beine und mit herausgeschossenen Augen. Was einst ein vollständiger Mensch gewesen war, lebte noch. Sie brachten ihn ins Marinelazarett Cuxhaven.

Wie sich ergab, handelte es sich laut Erkennungsmarke um Oberleutnant zur See Omar von Demuth.

19

30. Juni 1944, Gibraltar

U-500 fuhr aufgetaucht. Der Horchraum meldete keinerlei Feindgeräusche. Mit Flugzeugen war wegen der niederen Wolkendecke kaum zu rechnen.

Kapitänleutnant Henrici, der Wache mitging, sagte zu Wenke: »Gibraltar ist eine Novität für mich.«

»Für mich auch. Zum Glück mußte ich bisher nie da durch.«

»Dann kriegen wir also beide die Gibraltar-Taufe.« Henrici schob die Mütze in den Nacken. »Dieser verdammte Dschebel El Tarik sind die verfluchtesten vierzehn Kilometer auf der ganzen Welt. Daß sie die Meerenge nicht noch mit Netzen absperren, wundert mich.«

»Dafür haben sie Hunderte von Schiffen, die aufpassen, daß keiner durchkommt.«

»Von Ost nach West sollen die Chancen besser stehen.«

»Warum sind Sie nicht ausgestiegen, Henrici?«

»Weil Sie ein erstklassiger U-Boot-Kommandant

sind, Wenke, und weil es einen früher oder später ja doch erwischt.«

Die beiden beruhigten sich damit, daß die Meerenge immerhin dreihundert Meter tief war und daß schon auf etwa vierzig Meter Tiefe ein starker Strom vom Mittelmeer in den Atlantik hinaussetzte.

»Mit mindestens sechs Knoten«, erklärte der Obersteuermann.

Sie konnten da nur mit E-Maschinen laufen, aber das machte sie bei AK immerhin zwanzig Knoten schnell. Jenseits von Cadiz und Tanger hatten sie es ja hinter sich.

Der Obersteuermann berechnete die Entfernung bis Gibraltar, immerhin eintausendfünfhundert Meilen.

»Sechs Tage«, schätzte Wenke, »also noch genug Zeit zum Luftholen.«

Noch hatten sie kaum Begegnungen außer mit griechischen Kaikis, den Fischkuttern mit ihren lauten einzylindrigen Ölmotoren. Nachts über fuhren sie aufgetaucht mit Dieseln, um schneller voranzukommen. Am nächsten Morgen, es mochte der 2. Juli sein, meldete der Ausguck ziemlich aufgeregt ein ihm unbekanntes Objekt voraus. Alle Gläser richteten sich sofort dorthin, aber man sah nichts anderes als einen riesigen Schuhkarton, der auf dem Wasser zu schwimmen schien. Erst beim Näherkommen ließ sich erraten, um was es sich handelte: Das Ding war kantig, dreihundert Meter lang, mindestens fünfzig Meter hoch und wurde von zwei Schleppern gezogen.

»Zweifellos ein Schwimmdock«, vermutete Wenke.

Henrici fügte hinzu: »Im ganzen Seeraum zwischen Biscaya und Arabischem Meer gibt es nur ein so großes Schwimmdock, das auch beschädigte Schlachtschiffe aufnehmen kann. Ich vermute, daß es bisher in Port Said gelegen hat. Jetzt schleppen sie es nach Gibraltar.«

»Das sind zwei hohle Stahlkästen, durch Stahlstreben miteinander verbunden«, äußerte der I WO, »und gewiß schwer zu versenken.«

»Aber wenn wir ihnen das Ding wegpusten, trifft sie das mehr als eine Flottille versenkter Zerstörer.«

Sie folgten weiter dem Kurs des Schwimmdocks.

Wenke begann schon zu rechnen. »Ob zwei Torpedos, schön vierkant an Steuerbord, genügen?«

»Zwei auf jeder Seite wären besser«, meinte Henrici.

»So viele haben wir nicht mehr.«

Sie beobachteten, daß das Schwimmdockgeleit zwar von Korvetten bewacht wurde, aber übermäßig groß war der Schutz nicht. Im Lauf des Nachmittags setzte Wenke U-500 in spitzem Winkel vor das Schwimmdock. Dessen Geschwindigkeit war höher als die Wenkes unter Wasser. Erst als der Obersteuermann mit Ende der Dämmerung Eintritt der Dunkelheit meldete, tauchte er auf und machte mit großer Dieselfahrt den Endanlauf. Die Entfernung zu dem riesigen Schwimmdockkasten betrug etwa sechsundzwanzighundert, Gegnergeschwindigkeit sechs bis acht Knoten, Gegnerlage Vorhaltewinkel links, Torpedoeinstellung zwei Meter. Alles wurde durchgegeben.

»Torpedo so flach wie möglich«, forderte Wenke. »Der Kasten hat kaum Tiefgang. Aufschlagzünder.«

Da von Bewachern weder etwas zu hören noch zu sehen war, verlief der Angriff nahezu schulmäßig. Nach der berechneten Laufzeit trafen beide Torpedos. Aber selbst gegen den Mond ließ sich ein Sinken des Schwimmdocks nicht erkennen.

»Die zwei Löcher«, fürchtete Henrici, »bringen den nicht um.«

»Oder nur sehr langsam.«

Von den Bewachern war der Angriff bemerkt worden. Sie rasten herum wie wild gewordene Hummeln. Inzwischen hatte Wenke mit dem alten Trick, unter dem Schwimmdock hindurch, dessen Backbordseite aufgesucht. Er überlegte, ob er noch einen Hecktorpedo opfern sollte. »Das verdammte Ding sinkt nicht!« fluchte er.

»Man muß ihm Zeit lassen«, tröstete Henrici.

Sie folgten den zwei Schleppern, die das Dock zogen, bis zum Morgen, immer auf der Hut vor den U-Boot-Jägern. Die warfen auch gelegentlich Wasserbomben, aber weit genug entfernt an den falschen Stellen. Und beim ersten grauen Morgenlicht die Überraschung: Das Schwimmdock war plötzlich kleiner geworden, ragte in der nächsten Stunde höchstens noch haushoch, dann drei Meter aus dem Wasser, und plötzlich war es völlig verschwunden. Die zwei Schlepper hatten nun ihre Last los, erhöhten die Geschwindigkeit.

»Auftauchen.«

Aber schon kamen von Westen her Flugzeuge und weitere Schiffe zu der Unglücksstelle gerast.

»Standort«, wandte sich Wenke an den Obersteuermann.

»36 Nord, 5 West.«

»Dann haben wir es ja bald.«

Aus dem Dunst über der Kimm wuchs auch schon der riesige Felsen heraus. Wenke ließ tauchen und schnorchelte, bis die Batterien voll waren. Dann ging er auf vierzig Meter, um sich bei voller E-Maschinen-Fahrt vom Strom durch die Meerenge in den Atlantik hinausziehen zu lassen. An Orientierung durch Sehrohr war nicht zu denken. Der Horcher meldete etwa hundert Schiffe. Sie kamen keinem zu nahe.

Doch irgendwann gegen Mittag sagte der Obersteuermann: »Wir müßten jetzt durch sein, Herr Kapitän.«

Über ihnen tobten die Bewacher hin und her. Helles Schraubensirren. Das ständige Zirpen ihrer Asdic-Ortungsgeräte nervte, aber sie schienen nicht sicher zu sein, ob sie den Gegner hatten. Zwar warfen sie Wasserbomben, aber auf eine Distanz, die U-500 kaum erschütterte. Aus den Drehzahlen ihrer Maschinen ließ sich genau hören, ob sie nach Westen, also gegen den Oberflächenstrom, ackerten oder mit dem Strom liefen.

»Die suchen uns mehr bei Tanger«, vermutete Henrici.

Und wieder eine Stunde später hatten sie die Weite des Atlantiks erreicht.

»Setzen Sie den Kurs auf Kap Vincenze ab«, befahl Wenke dem Obersteuermann. »Und von da aus nach Norden, Generalrichtung Lissabon.«

Henrici kam auf ihn zu und reichte ihm die Hand. »Gratulation zur Gibraltar-Taufe.«

Entspannt widmeten sie sich dem verspäteten Frühstück. Zur Feier des Tages, aber eigentlich wie jeden Morgen, gab es Rührei mit zu dünnen Scheiben aufgeschnittenen Frankfurter Würstchen.

Die Küste hinauf nach Lissabon, etwa zweihundert Meilen, brachten sie bis zum nächsten Mittag hinter sich. Henrici machte sich klar zum Aussteigen. Wenke brütete mit dem Obersteuermann über der Karte.

»Zum Glück müssen wir nicht den Tejo hinauf, sondern laufen direkt Tasca an. Dort schauen wir uns erst einmal um. Die Küste heißt zwar ›Bocca de inferno‹, aber ein Schlummerplätzchen werden wir schon finden. Der LI soll den Außenbordmotor klarmachen. Ich muß nach Estoril, das liegt ungefähr zwei Kilometer von Lasaals Richtung Lissabon.«

»Wollen Sie im Kasino Ihre Heuer verjubeln?« fragte Henrici, der sich diesen Ton erlauben konnte, spöttisch.

»Schön wär's«, erwiderte Wenke, nach außen hin gefaßt, aber im Inneren doch leicht nervös.

Die Verabredung war ungewöhnlich. Er wußte ja nicht, was die zwei Herren, seine Protegés, von ihm wollten, da sie um diese Unterredung baten.

Henrici hockte auf seinem Seesack, bis der Ausguck das Leuchtfeuer von Lasaals meldete und sie wenig später an der Molenbefeuerung entlangschlichen.

»Felsiger Grund«, meldete der Obersteuermann, »soweit es im Segelhandbuch steht. Tiefe dreißig.«

Bei Dunkelheit stiegen Wenke und Henrici aus. Der I WO hatte klare Order. Er sollte das Boot auf Grund legen und ab sechs Uhr, also in vier Stunden, auf Sehrohrtiefe gehen, um eventuell ein Blink- oder anderes Signal zu erkennen.

»Tauchen Sie notfalls auf«, befahl Wenke. »Keine Angst vor den Portugiesen, die pflegen Neutralität, eine wohlwollende.«

Zwanzig Minuten später hatten sie festen Boden unter den Füßen, Sandstrand mit Klippen durchsetzt. Wenke versteckte das Schlauchboot zwischen den Felsen, und Henrici astete seinen Seesack bis zur Straße. Dort machten sie es kurz.

»Haben Sie genug Geld?« fragte Wenke.

»Nun, die Kasse meines Boots ließ ich nicht mit auf Grund gehen.«

»Dann kommen Sie gut nach Hause.«

»Hat mich geehrt, Sie kennenzulernen, Wenke.«

Ein kurzer Händedruck, und jeder ging seinen Weg. Henrici Richtung Lissabon, um ein Auto anzuhalten. Wenke folgte den Hinweisschildern zum Casino.

Die feudale Villa lag hinter einer hohen Mauer neben dem Casinohotel Sol. Im ersten Stock brannte Licht. Das große Tor war zu, aber nicht versperrt. Wenke ging hinein. Schon auf der Terrasse, als er durch die hohen französischen Türen die Villa betrat, machte er sich hüstelnd bemerkbar. Drinnen ging im Parterresalon das Licht an. Entgegen kam ihm ein Mann in Admiralsuniform. Der Admiral umarmte ihn, wie man eben einen Mann, der nach einer Erdumrundung dem Meer entstieg, begrüßte.

»Ich bin Lützelburg«, sagte der kleine Admiral. »Großvater von Ursula.«

Der Admiral und ein Vertrauter von ihm hatten U-500 nach dem Attentat auf Wolfstein heimlich mit Ultrakurztelegrammen geführt. Sie nahmen in den Clubsesseln Platz.

Lützelburg goß Cognac ein und sagte: »Wie Sie diesem Wolfstein sein Verbrechen heimgezahlt haben, alle Achtung.«

»Es war ganz einfach«, berichtete Wenke. »Ich habe mir eine SS-Uniform mit Mantel besorgt, dazu das passende Fahrzeug. Im Hotel Lutetia fuhr ich hinauf, schraubte den Schalldämpfer auf meine Luger und schoß ihm zwischen die Beine und in die Stirn. Als ich ging, salutierte der Posten. Ich sagte zu ihm: ›Der Obergruppenführer hat Kopfschmerzen, möchte bis morgen früh nicht gestört werden.‹«

Der Admiral bekam beinahe leuchtende Augen, als er erklärte: »Das war tapfer, mutig und ehrenhaft.«

»Aber vielleicht etwas dumm«, bemerkte eine Stimme von der Schiebetür her. Der Mann war mittelgroß, beinahe bullig zu nennen. Obwohl Wenke ihn nie gesehen hatte, wußte er, das konnte nur einer sein: Admiral Canaris, der deutsche Geheimdienstchef und Vertraute von Lützelburg.

Canaris fuhr fort: »Ich hätte es mehr auf Agentenart gemacht – Fernschuß mit Gewehr.«

Wenke wollte dem erfahrenen Geheimdienstmann nicht ohne weiteres recht geben. »Verzeihung, Herr

Admiral, dann wäre ich in der Zwischenzeit mit meinem Boot vermutlich viermal im Atlantikeinsatz gewesen und statistisch betrachtet mindestens beim dritten Mal schon abgesoffen. So gehöre ich immerhin noch zu den Lebenden.«

Allerdings mußte ihm Canaris eröffnen, daß die Gestapo ihn inzwischen als Täter kannte und in ihrem Einflußgebiet suchte. »Sie rekonstruierten irgend etwas aus vorgefundenen Briefen bei Kapitänleutnant Demuth. Es gibt eine Anklage gegen Sie wegen Mordes. Mit allen Mitteln versuchte man, Sie und Ihr Boot zu finden.«

»Aber er ist ja eine Mischung zwischen Klaus Störtebeker und Fliegendem Holländer«, bemerkte Lützelburg nicht ohne stille Bewunderung.

Sie beendeten rasch dieses Thema, denn Wenke war es unerhört wichtig zu erfahren, weshalb sie dieses Geheimtreffen arrangiert hatten.

»Wir haben einen äußerst wichtigen Auftrag für Sie, Wenke«, äußerte Admiral Canaris und entrollte eine Europakarte, die er über den Kamin hing. Als lese er den Wehrmachtsbericht vor, begann Canaris als Einstieg zu seinem Vortrag: »Die Invasion schreitet fort, als sei sie für die Alliierten ein Spaziergang, wenn auch ein äußerst blutiger. Cherbourg hat kapituliert, die Einnahme von Avranches steht bevor. Die alliierten Invasionsarmeen teilen sich jetzt in zwei Stoßkeile auf, einer nach Norden, einer nach Süden. Daß sie bei nächster Gelegenheit Paris einnehmen, ist klar, aber der offizielle Einzug von de Gaulle in Paris wird wohl erst nächsten Monat stattfinden. Im Osten schaut es mindestens ebenso traurig aus. Die russische Offensive gegen die Heeresgruppe Mitte hat begonnen, sie haben Minsk zurückerobert, überschreiten die Memel und werden binnen kurzem wohl vor Warschau stehen.« Das klang alles ziemlich traurig bis fürchterlich. Nun kam der Geheimdienstchef zur eigentlichen Lage. »Die deutschen U-Boote sind auf ihre französischen Atlantikbasen angewiesen. Brest, St. Nazaire, Lorient, La Rochelle. Viele der Kampf-U-Boote erreichten diese Häfen, von denen einer nach dem anderen verlorengeht, nur mit letzter Kraft. Im Norden, in Norwegen, haben wir noch Kristiansand, aber die Kapazität dort, Reparaturwerft etc. lassen nicht die nötige Versorgung zu, wenn etwa jeden Tag eines der defekten Kampfboote einläuft. Was also tun?«

Auch Wenke sah ein, daß hier guter Rat teuer war.

Canaris ging in den Rauchsalon, kam mit einem Metallkoffer wieder und ließ die Verschlüsse des Deckels aufspringen. Das Innere des Koffers war fein säuberlich vollgepackt mit banderolierten Geldbündeln.

»Eine Million Dollar«, sagte Canaris, »echte.« Und fuhr fort: »Bekanntlich sind sich Engländer und die Republik Irland spinnefeind. Es gibt eine sogenannte IRA, die Irisch-Republikanische Armee, die die Engländer aus ihrem besetzten Gebiet in Ulster, Nordirland, verjagen will. An der Spitze dieser IRA steht ein gewisser Commander McGillan. Dieser McGillan hat starken Einfluß auf die Regierung. Es gibt bereits Verhandlungen. Mit dieser Million Dollar unterstützen wir seinen Kampf. Als Gegenleistung fordern wir, daß er die Atlantikhäfen an der irischen Westküste sowie die Verstecke in den Flußmündungen und Buchten für deutsche U-Boote freigibt. Natürlich wird das Ganze ein Provisorium sein.«

»Aber«, nahm Lützelburg den Faden auf, »wir schicken einen großen Versorger hin mit Kraftstoff, Torpedos, U-Boot-Proviant und Überholungsmöglichkeiten für Boote und Besatzungen.«

Canaris zog nun das Resümee aus der ganzen Geschichte: »Ihre Aufgabe, Wenke, besteht darin, in Dublin Kontakt mit McGillan aufzunehmen, ihm unsere Unterstützung zuzusichern und ihm die Genehmigung für das Einlaufen der U-Boote in irische Häfen abzuhandeln.«

Das war das Wesentliche. Canaris ging noch in Details, nannte Adressen, Treffpunkte, Telefonnummern und so weiter, und Wenke versicherte, er wolle tun, was er könne.

Zum Schluß gab ihm Canaris noch einen Rat, der eigentlich eine Selbstverständlichkeit war: »Betreten Sie nie Boden, der noch von deutschen Truppen besetzt ist. Das würde Sie den Kopf kosten. Aber es dauert ja nicht mehr lange. Schätze, zwei bis drei Monate.«

Admiral Lützelburg brachte Wenke hinaus durch den Park bis zum Tor. Es begann zu dämmern. Er faßte in seine Uniformjacke und übergab Wenke einen Brief. Wenke erkannte die Schrift. Es war die verspielt kindliche von Gisela. Dann flüsterte ihm der kleine Admiral noch etwas zu, als solle es niemand hören: »Omar von Demuth ist tot. Der Rest, der noch von ihm übrig war, wollte nicht mehr weiterleben. Irgendwann in der Nacht gelang es ihm, die Infusionsschläuche und die für die künstliche Ernährung und Beatmung herauszureiben. Er war tot, ehe sie ihn wiederbeleben konnten. War das Beste für ihn. In seinem Nachlaß fand man auch diesen Brief, der zunächst an Sie adressiert war, aber wohl nicht zugestellt werden konnte. Wir fanden ihn in dem, was wir von der Bodenseeklinik zugestellt bekamen.«

Wenke wog den Brief in der Hand.

»Wollen Sie ihn nicht lesen?«

»Nicht hier, Herr Admiral.«

Ein Händedruck, und der kleine Admiral verschwand im Park.

Zurück an Bord von U-500 sagte Wenke zu dem Obersteuermann: »Setzen Sie Kurs Biscaya-St.-Georgs-Kanal ab.«

Er zog sich in sein Schapp zurück, öffnete den Brief und begann zu lesen.

Gisela schrieb: »Mein liebster Chris, mein liebster Mann, wo ich bin, das weißt du nicht. Wo du bist, weiß auch ich nicht. Nur so viel – ich lebe noch, wenn auch nicht wirklich. Du hast gewiß davon gehört. Es war die Hölle.

Weil ich nicht wieder sein werde wie damals in Seemoos, dürfen wir uns nicht mehr sehen. Damit Du mich in Erinnerung behältst, so wie es war. Ich werde Dich nie, nie, nie vergessen. In ewiger Liebe – Gisela.«

Wenke konnte nicht vermeiden, daß seine Augen feucht wurden. Er schob den Brief vorsichtig zurück in den Umschlag. Er duftete ein wenig nach Giselles Parfum.

Dann barg er ihn sicher in der Innentasche seiner Uniformjacke.

20

Irland. Der Verrat

Vor einem Tag hatte Korvettenkapitän Wenke sein U-500 verlassen. Jetzt war er ziemlich fertig. Für die zweihundertzehn Kilometer von dem Versteck in der Tiefwasserbucht bei Donegal Bay bis Dublin hatte er fünfundzwanzig Stunden gebraucht. Die Eisenbahn hatte immer wieder entweder keine Kohle oder kein Wasser. Die Busse fuhren noch auf Hartgummireifen und gossen aus 10-Liter-Kanistern Benzin in die Tanks nach. Unterwegs waren von Zeit zu Zeit britische Soldaten zugestiegen und hatten oberflächlich kontrolliert.

»Dürfen die das?« hatte sich Wenke an seinen Nachbarn gewandt.

»Nein.«

»Ist die Irische Republik nicht autonom?«

»Alles reine Schikane. Der Brite macht immer, was er will.«

Jetzt saß Wenke ziemlich gerädert auf einer Bank im Park vor dem Justizpalast. Kinder spielten im

Sandkasten, Mütter wiegten ihre Babys in den hochgefederten Kinderwagen. Urplötzlich schlief Wenke ein und erwachte erst wieder, als es dunkel geworden war und kalt. Er hatte nur eine Uniformjacke mit abgetrennten Dienstgradabzeichen zum Fischerpullover an.

Langsam stand er auf, humpelte durch den Park, um die Glieder zu lockern, und fragte sich dann durch bis zur Walker Street. Zweimal ging er am Salmon Pub vorbei. Ab und zu schlichen ein paar nicht sonderlich elegante Gestalten hinein und hinaus. Gegen zehn Uhr wagte er es. Drinnen schaute er sich um und mußte erst einmal zur Toilette. Zurück an der Bar, bestellte er ein Pint Guinness, dann flüsterte er dem Wirt zu: »Ich möchte zu Cam Nallig.«

Der Wirt zuckte kurz mit den Lidern und nickte dann. Wenke hörte ihn hinten telefonieren. Er war seiner Sache ziemlich sicher, daß das Treffen in Ordnung ging. Dieses Glaubens blieb er bis etwa fünfzehn Minuten nach zehn Uhr. Plötzlich ging oben die Tür auf. Zwei Militärpolizisten standen breitbeinig da – weißes Koppelzeug, roter Mützenbezug. Sein Instinkt sagte Wenke, daß er in einer Falle saß. In Deckung eilte er durch die WC-Tür und hinten durch den Lieferanteneingang, sprang über Fässer und Flaschenkästen hinweg. So gelangte er auf die Walker Street, von dort bis zum Hafen, zum Vorhafen, ein Stück am Ufer entlang, wo er die steile, fast sechzig Meter hohe Küste hinabkletterte. Schlitternd erreichte er den Strand. Dornen hatten seine Hände und Beine aufgerissen, aber es gab hier Buschwerk und felsige Stellen. Dort konnte er sich verstecken.

Draußen auf See, ziemlich nahe, patrouillierten eine Fregatte sowie drei oder vier weitere Schiffe. Sie fuhren langsam, mit niedriger Hecksee. Später kreiste auch ein Flugzeug ständig zwischen dem Strand und der Dünung. Wenke kauerte eine Weile im Sand. Dabei konnte er beobachten, wie die Fregatte stoppte. Sie schwang ein Boot aus, das in Richtung Strand fuhr. Er machte, daß er wegkam, und marschierte in südliche Richtung, also weg von der Stadt. Nach einer halben Stunde etwa stieß er auf ein ausgetrocknetes Flußbett. Er stapfte durch die lehmige Rinne, dann blieb er keuchend stehen. In der Ferne glaubte er noch immer das Geräusch von Flugzeugmotoren zu hören. Das Flußbett bog sich im Halbkreis bis zur Küste hin. Am Ende fiel es steil zum Meer ab. Die Kriegsschiffe lagen noch draußen. Einige Vögel flogen aufgeschreckt von den Bäumen hoch. Etwas hatte sie aufgeschreckt. Plötzlich erfaßten ihn Handscheinwerfer. Aus dem Dunkel tauchten bewaffnete Gestalten auf, Männer in Marineuniform mit den flachen britischen Stahlhelmen. Ihr Anführer kam auf Wenke zu. Der erkannte einen britischen Captain.

Die Engländer brachten ihn mit dem Bus nach Ulster, ihrem eigentlichen Hoheitsgebiet. Dort steckten sie ihn in das Verhörlager Lionel Curth Hark. Wenke wurde nicht als Kriegsgefangener behandelt, sondern als Kriegsverbrecher.

Am nächsten Tag erschien ein junger Offizier, vermutlich Oberleutnant, hager, englisch aussehend, ein bißchen wie ein Eton-Boy. »Mein Name ist Hampton«, stellte er sich vor. »Ich bin Ihr Verteidiger.«

Wenke wollte wissen, wessen man ihn anklagte, erfuhr aber nur, daß er vor ein Militärgericht gestellt werden würde. Am übernächsten Morgen nach dem Frühstück, das aus Porridge, Toast und Tee bestand, holten ihn zwei Militärposten ab. Sie marschierten mit ihm in einen turnhallengroßen, mit rötlichem Tropenholz getäfelten Raum, den eine Balustrade etwa in der Mitte trennte. Hinter der Balustrade ein erhöhter Tisch, lederbezogen, vor der Balustrade Stühle. Das Gericht ließ sich Zeit. Als es endlich erschien, drückte der Militärpolizist Wenke den Kolben seiner Waffe ins Kreuz. Wenke mußte aufstehen. Sieben Marineoffiziere stiefelten herein, im Rang vom Captain bis zum Vizeadmiral. Einer von ihnen trug statt der Offiziersmütze eine weiße Richterperücke. Leute mit Lampen und Wochenschaukameras kamen dazu. Jetzt verstand Wenke auch, warum man ihn so elegant ausgestattet hatte. Am Morgen hatte in seiner Zelle ein Uniformsakko mit den Ärmelstreifen eines Korvettenkapitäns gelegen, dazu weißes Hemd, schwarze Krawatte, säuberlich geputztes Schuhwerk und eine deutsche Offiziersmütze. Offenbar wollte man der Bevölkerung etwas bieten. Es war immer ehrenhafter, im Prozeß einen Offizier anzuklagen als einen heruntergekommenen Heringsfischer.

Wenke, der einigermaßen Englisch sprach, konnte der Prozedur nur insofern folgen, als seinem Verteidiger die offizielle Anklageschrift überreicht wurde. Dann begann das übliche Verhör. Er mußte kurz seinen Lebenslauf darlegen.

»Name Christoph Wenke, geboren 1911 in Potsdam. Vater Oberst der Artillerie. 1926 Abitur, dann zur Kriegsmarine. Normale Laufbahn, Matrose, Seekadett, Fähnrich, Oberfähnrich. 1931 wurde ich Leutnant, arbeitete als Lehrer für terrestrische Navigation in Stralsund, wurde Oberleutnant, dann U-Boot-Schule, Wachoffizier auf einem U-Boot.«

Der Vorsitzende unterbrach ihn: »Wie viele Feindfahrten?«

»Siebzehn.«

»Wie viele davon als Kommandant?«

»Elf.«

»Auszeichnungen?«

»Das Übliche bis zum Ritterkreuz.«

»Welche Tonnage haben Sie versenkt?«

»Ungefähr achtundzwanzig Schiffe.«

Der Vorsitzende schien genug zu wissen. Ein anderer Offizier, hager aussehend, mit vier Ärmelstreifen, erhob sich und begann, die Anklage zu verlesen.

»Korvettenkapitän Wenke, Sie wurden von einem ordentlichen deutschen Kriegsgericht wegen Mordes an einem hohen SS-Offizier angeklagt und zum Tode verurteilt. Aber deswegen sind Sie nicht hier, auch nicht wegen Ihrer Unternehmungen mit U-500. Es geht ausschließlich um den 24. Juni in der Ägäischen See im Bereich der Dodekanesinseln. Dort fuhren Sie einen Torpedoangriff auf den deutlich als Lazarettschiff gekennzeichneten Dampfer *Yarima*. Binnen fünfzehn Minuten sank das Lazarettschiff, die Besatzung brachte sich mit Rettungsmitteln in Sicherheit. Es war den disziplinierten Seeleuten gelungen, alle Boote und Flöße ins Wasser zu bringen. Mit je fünfunddreißig bis vierzig Mann besetzt, waren die Boote überladen. Außerdem kam von Nordosten her ein schwerer tornadoähnlicher Sturm auf. Um möglichst keine Spuren Ihrer unmenschlichen Tat – Verstoß gegen die Haager Konventionen etc. – aufkommen zu lassen, gaben Sie Feuerbefehl an ihre Besatzung.«

Wenke erhob die Hand, um Einspruch zu erheben. Der Ankläger wurde schärfer.

»Gaben Sie den Feuerbefehl oder nicht?«

»Ich gab den Feuerbefehl, Sir, für Maschinenpistolen, Gewehre und die Flakkanonen. Das ist richtig, Sir«, bestätigte Wenke.

»In welche Richtung wurde das Feuer eröffnet? In Richtung der Rettungsboote?«

»Richtig, Sir«, gestand Wenke und fügte hinzu: »Aber die Rettungsboote waren nicht das Ziel.«

»Sondern?« bellte ihn der Staatsanwalt an.

»Eine Treibmine, Sir. Sie bewegte sich in der Strömung langsam auf die Rettungsboote zu. Wir wollten sie vorher abschießen, bevor es zu einer Berührung der Mine mit den Booten kam und sie dort explodierte.«

»Von einer Explosion hat keiner der Zeugen etwas berichtet. Nur von der Schießerei«, warf der Beisitzer ein.

Wenke konnte es nur so erklären: »Wir trafen zwar die Mine, aber sie war wohl schon sehr lange unterwegs. Das Gehäuse wurde durchlöchert, und die Mine soff ab.«

Man glaubte ihm natürlich nicht. Die Aufgabe des Anklägers bestand darin, Korvettenkapitän Wenke der Tat zu überführen. Er öffnete eine ziemlich dicke

Akte, begann zu blättern und daraus vorzulesen. Wenke wußte sofort, daß es sich dabei um das Kriegstagebuch von U-500 handelte. Auf dem Höhepunkt seiner Anklage wurde der Prozeß auf den kommenden Mittwoch vertagt.

In seiner Zelle fragte Wenke seinen Verteidiger: »Verdammt, Hampton, wie kommt das Gericht zu meinem Kriegstagebuch, das außerdem an den entscheidenden Passagen gefälscht ist?«

Sein Verteidiger konnte ihm die Frage nicht genau beantworten, nahm aber an, daß die zwei Besatzungsmitglieder, die U-500 in der Ägäis verlassen hatten, wahrscheinlich in Athen vom britischen Geheimdienst CIC aufgegriffen und wochenlang verhört worden waren. Sie hatten das Kriegstagebuch aus ihrer Erinnerung rekonstruiert. Vom Untergang des Lazarettschiffs wußten sie wenig, hatten den Kampf, die Schießereien und die Explosionen nur von Ferne mitbekommen.

Am Mittwochvormittag durfte sich Wenke fairerweise verteidigen.

»Herr Admiral«, begann er, »bei meiner Ehre versichere ich, daß ich gegen das Lazarettschiff *Yarima* keinen Torpedoschuß gelöst habe.«

»Aber wie kam es dann zum Untergang des Schiffs?«

»Durch Bombardierung von Flugzeugen«, erklärte Wenke. »Einige Staffeln Sturzkampfbomber nahmen sich das Lazarettschiff vor und vernichteten es binnen kurzem durch zielgenaue Abwürfe.«

»Was für Flugzeuge?« zweifelte der Vorsitzende.

»Yu-87«, erklärte Wenke.

Der Ankläger fuhr dazwischen: »Das sind doch nur Ausreden, unbewiesene Behauptungen! Sie versuchen sich reinzuwaschen, ebenso wie bei Ihrem Feuerbefehl auf eine angebliche Treibmine. Und nun schieben Sie die Schuld auf die Luftwaffenkommandos.«

Wenke begriff, daß hier wenig auszurichten war. Angeblich verfügte das Gericht über beeidete Zeugenaussagen.

»Haben Sie Zeugen, Angeklagter«, wurde er gefragt, »für Ihre Version?«

»Die Männer meiner Besatzung und meine Offiziere«, antwortete Wenke.

»Und wo sind diese?«

»Auf U-500, Gentlemen.«

»Und wo befindet sich Ihr Boot, Commander?«

Darauf gab Wenke nicht die Andeutung einer Antwort.

Das übliche Vorgeplänkel war beendet. Am nächsten Tag wurden die Plädoyers gehalten, das vom Ankläger und das sehr dünne von Wenkes Verteidiger, wo mehr von Soldatenehre als von handfesten Beweisen die Rede war. Die sieben Offiziere verließen den Raum und kamen binnen kurzem wieder. Offenbar war die Sachlage so klar, daß die Beratung nicht lange gedauert hatte.

Es wurde plötzlich still im Saal. Der Militärpolizist stieß Wenke mit dem Kolben ins Kreuz, und Wenke mußte aufstehen, als der Vorsitzende im grellen Licht der Lampen das Urteil verkündete. Es lautete kurz: »Das Seegericht Ihrer Majestät des Britischen Königs hält den U-Boot-Kommandanten Korvettenkapitän

Christoph Wenke für schuldig und verurteilt ihn zum Tode durch Erschießen.«

Es war so still im Saal, daß man hörte, wie die Fensterscheiben klirrten, wenn draußen eine Böe aufkam. Plötzlich entstanden im Vorraum Geräusche. Ein Offizier der Royal Navy verschaffte sich gegen den Widerstand der Posten Eingang, eilte bis vor zum Richtertisch und warf dort eine Handakte hin. Jetzt, nachdem der Spruch gefallen war, hatte der Vorsitzende weder Lust noch die Pflicht, die Akte zu lesen.

»Eine völlig neue Lage, Sir«, betonte der Bote.

Der Vorsitzende überflog die Akte, reichte sie weiter. Die Admirale und Kapitäne steckten die Köpfe zusammen, schließlich erhob sich der Vorsitzende und schlug mit dem Hammer deutlich auf den Tisch. Dazu dröhnte seine Stimme: »Das Gericht hat soeben beschlossen, noch einmal in die Zeugenvernahme einzutreten.«

Ein Raunen ging durch den Saal.

Am Freitag ging der Prozeß weiter. Es gab nur einen einzigen neuen Zeugen. Den glaubte Chris Wenke zu kennen, wenn er damals auch ein heruntergekommener Schiffbrüchiger gewesen war. Es handelte sich um Spencer, den Kapitän des versenkten Lazarettschiffs. Er trug die Uniform eines britischen Vizeadmirals. Bevor er seine Aussage machte, wurde er vereidigt und gab dann in kurzen Worten zu Protokoll: »Der türkische Dampfer *Yarima*, den ich in einem Ägäishafen übernahm, war zwar als Lazarettschiff getarnt, in Wirklichkeit aber ein Munitions- und Truppentransporter. Versenkt wurde die *Yarima* nicht durch

Torpedos von Kapitän Wenkes U-Boot, sondern durch Sturzkampfbomber der deutschen Wehrmacht. Die Schüsse, die von U-500 abgegeben wurden, galten nicht den Rettungsbooten, sondern einer Treibmine, vor der uns Wenke schützen wollte. Wegen eines bedrohlich aus Nordost herankommenden starken Unwetters schleppte Kapitän Wenke trotz drohender Gefahr durch unsere Aufklärer sämtliche Rettungsboote nahe an die Insel Astimpalea heran. Damit rettete er unsere Leben.«

Das entsprach, ob es dem Gericht nun paßte oder nicht, einer totalen Entlastung. Das Urteil wurde aufgehoben, doch Wenke blieb Gefangener. Es erging der Befehl, ihn in das nächste Lager in der Provinz Ulster zu überstellen.

21

McGillan

Zunächst hatte es traurig ausgesehen, jetzt war es hoffnungslos. Die Alliierten waren in Arnheim gelandet, im Raum Aachen begannen die Kämpfe, und es schien, als würde General Patton mit seiner Armee bis Metz durchbrechen. Im Osten hatten die Sowjets Riga eingenommen, Belgrad befreit. Mit den Bulgaren kam es zu einem Waffenstillstand. Soweit bekam Chris Wenke die Lage mit, wenn man ihm stundenweise das Radio anstellte.

Irgendwann Ende Oktober erschien sein Anwalt in der Einzelzelle und brachte Neuigkeiten mit. »Wenn Sie je an Ausbruch dachten, Kapitän Wenke, dann ist es jetzt eine Minute vor zwölf. Übermorgen werden Sie verlegt, und zwar in ein Lager nach Schottland. Dort sind die Chancen auf selbst herbeigeführte Freiheit gleich Null – Sie haben doch sicher an Flucht gedacht?«

Wenke mußte ihm zustimmen, obwohl ihm die allgemeine Antwort, als Gefangener sei man dazu verpflichtet, die Freiheit zu suchen, in diesem Fall nicht passend zu sein schien.

»Also packen Sie das Nötigste«, sagte Hampton. »Ich wünsche Ihnen für die Zukunft alles Gute. Sie waren mir ein angenehmer Klient.«

Wenn nicht Krieg gewesen wäre, hätte Wenke für ihn vielleicht so etwas wie Sympathie empfunden, sogar eine Freundschaft konnte er sich vorstellen, aber jetzt ging's ab ins kalte, graue Schottland.

Am Donnerstag holten sie ihn ab und brachten ihn an die Küste. Es war eine bequeme, große, britische Generalslimousine. Damit fuhren sie am Belfast Lough entlang in einen Marinestandort namens Donaghades. So viel hatte Wenke erfahren, daß es von hier quer über den Nordkanal hinüber nach Fort Williams ging, ebenfalls einem Standort der Royal Navy. Draußen war Nebel, in der Ferne hörte man das Heulen von Schiffssirenen. Er mußte an die Männer in seinem Boot denken.

U-500 lag noch immer in einer versteckten Bucht seitlich der Donegal Bay, wo Kapitän Wenke es hingebracht hatte. Schon vor langem hatten sich die Männer einen Kalender dieses Jahres besorgt. Täglich strich der I WO einen Tag durch. Im Oktober waren da nur noch ein paar Kästchen frei. Gemeinsam mit dem Bootsmann und dem Leitenden versuchte er, das Boot in frontklarem Zustand zu halten.

»Technisch sind wir ohne Probleme«, äußerte der LI, »als kämen wir eben aus der Werft. Nur eben, daß die Batterie langsam nicht nur nachläßt, sondern ausfällt, und der Sprit wird auch weniger.«

Um Treibstoff zu sparen, benutzten sie zur Stromerzeugung nur noch den kleinen Ersatzmotor. Mit dem Licht brauchte an Bord nicht gespart zu werden. In der Funkbude saßen der Maat und sein Obergefreiter ständig an den Geräten. Auch der Koch konnte aus den Vorräten brutzeln, was noch vorhanden war. Es gab viel Fisch, für manche zu viel, alle möglichen Sorten, die sie bei Tidenwechsel aus dem Wasser holten. Sie hatten das Boot mit Zweigen des nahen Ufergebüschs getarnt. Die Stimmung unter der Besatzung war überraschend gut. Keiner konnte sich vorstellen, wie lange sie noch hierbleiben würden. Ohne daß es ausgesprochen wurde, warteten sie auf die Rückkehr des Kommandanten. Im Radio und in den Zeitungen, die sie sich an Land besorgten, hatten sie den Prozeß genau verfolgt. Als das Todesurteil aufgehoben wurde, schrien sie donnernd hurra.

Einer meinte: »Verdammt tadellos, wie der Alte das hingekriegt hat.«

Es hatte auch Pläne gegeben, den Kommandanten aus dem Gefangenenlager Bushmills herauszuholen, aber die Schwierigkeit bestand darin, an einen Lageplan heranzukommen.

»Mit Sicherheit haben sie den Alten in Einzelhaft gesteckt«, fürchtete der I WO. »Und diese Einzelhaftzellen befinden sich meistens in festen Gebäuden oder Bunkern.«

»... und werden Tag und Nacht bewacht.«

Der Wunsch und der Wille, den Kommandanten herauszuhauen, blieben jedoch bestehen und wurden jeden Tag bekräftigt. Aber die Möglichkeit, die Befreiung zu organisieren, wurde immer geringer. Schließlich hörten sie in dem kleinen Rebellensender der IRA, daß Kapitänleutnant Wenke aus Gründen der Sicherheit in ein Speziallager nach Schottland verlegt werden sollte. Das deprimierte sie sehr. Die Offiziere von U-500 berieten, wie es weitergehen sollte.

»Bevor wir hier mit dem Hintern festwachsen,«, forderte der II WO, »muß irgend etwas passieren.«

»Ich bin dabei«, sagte der Obersteuermann über die Schulter des LI hinweg. »Ich mache jede Schandtat mit, aber welche, bitte?«

Die graubraune Generalslimousine hatte die Küste der Provinz Ulster nahezu erreicht, als plötzlich die Sonne grell durch das Gewölk zu brechen schien. Es war aber nicht die Sonne, sondern es waren Scheinwerfer. Im selben Augenblick begann die Limousine zu rumpeln, als seien die Reifen schlagartig ohne Luft. Der Fahrer trat auf die Bremse, alle vier Türen wurden aufgerissen. Die Insassen starrten in die Mündungen von Maschinenpistolen. Die Gesichter hinter den Waffen waren entweder geschwärzt oder maskiert.

»Los, aussteigen!« befahl eine entstellte Stimme.

Da sich in dem Auto niemand rührte, gab ein Mann mehrere Schüsse gegen das Pflaster ab, daß die Querschläger sirrten und Funken aus dem Stein spritzten. Endlich kamen die Insassen heraus. Aber deutlich ging es den Terroristen nur um Kapitän Wenke. Die anderen wurden gefesselt, ihre Lippen mit Leukoplast verklebt, und dann wurden sie wieder in die Limousine geschoben. In der Zwischenzeit machten andere das Funkgerät unbrauchbar. Mit ein paar Kolbenhieben öffneten sie die Motorhaube, rissen den Verteiler und die Zündkabel heraus und warfen sie den Steilhang hinunter zum Meer.

Schon hatten sie Wenke in einen Gemüselieferwagen gezwängt. Der Wagen fuhr an. Die Männer des Befreiungskommandos sprangen auf die Ladefläche.

Einer von ihnen nahm die Maske ab und sagte zu Wenke: »Falls Sie Korvettenkapitän Wenke sind, dann bin ich McGillan.«

»Hoffentlich der echte«, antwortete ihm Wenke immer noch verblüfft.

Die IRA-Leute kannten die Engländer, ihre Taktik, ihr übliches Verhalten. Sobald sie von dem Überfall Kenntnis hatten, und das würde nicht lange dauern, würden sie ganz Nordirland, die Provinz Ulster, absperren – jede Straße, jede Brücke, jede Station. Dann würde jedes Fahrzeug erbarmungslos bis auf die letzte Schraube durchsucht.

»So bringen wir Sie nicht nach Donegal«, sagte McGillan.

»Wie dann?«

Er dauerte nicht lange. Der Gemüsewagen bog auf eine Nebenstraße ab und von der Nebenstraße auf einen Feldweg, der auf ein sehr flaches Weideland führte. Was in etwa ein Kilometer Entfernung aussah wie ein Haufen zusammengeschichtete Heuballen, entpuppte sich, als die Männer die Heuballen beiseite schoben, als ein Flugzeug. Eine ziemlich alte Piper, die durch keinerlei technische Untersuchung mehr durchgekommen wäre. Der Motor lief bereits, der Pilot schwenkte die Glaskuppel auf, stieg aus und gab die zwei Plätze für McGillan und den deutschen Gefangenen frei. Gillan schloß die Glaskuppel, verriegelte sie.

»Angurten?« fragte Wenke.

»Darauf kommt es nicht mehr an, Sir.«

Der Ire gab sofort Vollgas. Die Piper hoppelte über die Schafweide, und McGillan zog sie in den Himmel. Die Maschine sah von innen so zerfleddert aus wie von außen, aber irgendwoher wußte Wenke, daß gerade die alte Piper eine der zuverlässigsten Maschinen überhaupt war. Der zweite Kompaß hinten funktionierte nicht, aber sie flogen mit der Sonne im Rükken, also nach Westen.

»Nur hundert Kilometer«, erklärte McGillan, »aber am Boden würden wir nie durchkommen. Die Engländer, diese Hundesöhne, können binnen kurzem das ganze Land hermetisch abdichten.«

»Ihr mögt euch nicht besonders«, bemerkte Wenke, »Iren und Briten.«

»Das können Sie laut sagen. Das fing schon im Mittelalter an«, begann McGillan zu erzählen, »als Cromwell für England Irland eroberte und die Bevölkerung bis aufs Blut peinigte. Es gab eine Art Friedensvertrag, der so aussah, daß jeder seinen Besitz zu verlassen hatte und die Engländer ihn einfach übernahmen. Am Ende gehörte den irischen Katholiken nur noch ein Viertel des Landes. Es war eine Art religiöser Verfolgung. Die britischen Kolonisten überzogen das Land. Den Iren war nicht einmal gestattet, ein Pferd zu halten. Katholische Schulen wurden nicht erlaubt. Neureiche britische Großgrundbesitzer nahmen sich das beste Land, und auf ihrer kargen Scholle lebten Tausende irischer Bauern am Rande einer Hungersnot. Es war so schlimm, daß der Dekan der St.-Patricks-Kathedrale predigte, alles Britische zu verbrennen außer den Kohlen. Die Engländer behandelten die Iren wie Kriminelle. Bald kam es in Ulster zu Aufruhr. Er war am Anfang so schlecht organisiert, daß wir nur Niederlagen einsteckten. Dann kam ein neues Unions-Gesetz. Die Gewalt über das Land hatte nun das Parlament in Westminster. Jetzt wehrte sich sogar unsere Regierung.«

Gillan ging etwas tiefer, denn vor ihnen hing eine Wolke, die hin und wieder ein Blitz hell erleuchtete. Böen schüttelten den Eindecker, manchmal schüttelte auch der Motor. Dann fuhrwerkte Gillan mit dem Gashebel hin und her, bis der Propeller wieder rund lief. Als in der Ferne schon die Küste ins Licht kam, redete er weiter: »Dann kam das größte Unglück, das jemals über Irland hereinbrach: die Kartoffelfäule. Sie zerstörte drei Jahre lang die Ernte, von der mehr als die Hälfte der Bevölkerung abhängig war. Das kostete zwei Millionen Iren das Leben und zwang sie, das Land zu verlassen. Die völlig verarmte Bevölkerung besaß kein Geld, um Nahrungsmittel zu kaufen. So erfaßte die Menschen eine große Bitterkeit, die praktisch bis heute anhält. Wie die Bauern während der Kartoffelfäule nach gesunden Knollen gruben, suchen wir heute nach erträglichen Vorschlägen bei den britischen Verhandlungen. Aber es sind keine zu finden. Der Engländer ist ein Lügner, nur so hat er sein Weltreich zusammengeschustert. Was man uns auch versprechen wird, wir werden kämpfen.«

Auf einem Feld, das der Schafweide glich, von der sie gestartet waren, landete McGillan. Die Piper rollte langsam aus, bis ein Fahrwerkrad offenbar in einem Fuchsloch steckenblieb. Am Rande eines Wäldchens wartete ein Motorrad mit Beiwagen. Der Fahrer brachte sie die wenigen Kilometer bis zum Meer, mußte aber Umwege nehmen, da die Briten wieder einmal alle Straßen gesperrt hatten, wie er sagte. Den letzten Kilometer schlugen sie sich durch Dünen und hohes Hanfgras bis zu der Flußmündung, in der U-500 lag. Das Boot war so gut getarnt, daß man es kaum sah, aber Wenke witterte den Duft der Abgase eines laufenden Dieselmotors. Der Ausguck sah die Männer am Ufer winken, sie setzten mit einem Schlauchboot über und holten Gillan und Wenke mit großem Hallo an Bord.

Als Wenke den I WO bat, an Bord kommen zu dürfen, umarmte ihn dieser erst stumm und meinte dann: »So schnell haben wir mit Ihnen nicht gerechnet, Chef.«

»Haben Sie überhaupt noch mit mir gerechnet?«

»Eine Radiostation hat gemeldet, daß ein bekannter deutscher U-Boot-Offizier auf dem Gefangenentransport an die Küste bei Belfast entkommen sei. Von da ab beteten wir für Sie.«

McGillan, der noch nie auf einem U-Boot gewesen war, ließ sich kopfschüttelnd herumführen und sagte dann zu Wenke: »Und hier halten Sie es aus?«

»Nahezu ein Jahr lang.«

McGillan wollte eigentlich gehen, zögerte aber noch. »Gab es da nicht noch eine Vereinbarung, Sir?«

»Möchten Sie noch einen Whisky?«

»Als Ire einen deutschen Whisky? Nein, danke. Ich dachte an etwas anderes.«

Wenke holte unter dem Kojenpolster in seinem Schapp den schmalen Metallkoffer hervor. Bevor er ihn übergab, sagte er: »Von der Vereinbarung werden unsere U-Boote wohl nur noch wenig Gebrauch machen können, aber das ist nicht Ihre Schuld, Gillan.« Noch immer den Griff des Koffers in der Hand, fügte er hinzu: »Versprechen Sie mir eines: Sie kaufen keine Waffen dafür.«

»Waffen gibt es in Kriegen überall beinahe geschenkt.«

»Geben Sie das Geld aus für die hungernden Kinder, für Arme und Kranke. Sie wissen schon, wie ich das meine. Bin kein Samariter.«

McGillan schien zu überlegen und antwortete dann: »Die Hälfte.«

Er ging von Bord, wurde an Land gebracht, und Wenke saß auf seinem angestammten Platz auf der Kartoffelkiste in der Zentrale und blickte den Obersteuermann an. »Und nun, Nagel«, äußerte er, »was jetzt?«

22

Kurs XYZ

Wenke war klar, daß das weitere Vorgehen eine Frage von Taktik und Geduld war. Täglich wurde ein Mann in die nächste Ortschaft geschickt, um die neuesten Zeitungen zu holen. Außerdem hörten sie alle nur erreichbaren Sender ab. Wie einige Neutrale meldeten, hatten die alliierten Geheimdienste Informationen darüber, daß die deutschen Armeen vermutlich im kommenden Monat eine Großoffensive aus den Ardennen heraus oder im Elsaß planten.

»Unter der Flagge Lila«, frozzelte der II WO, »als letzter Versuch.«

Die deutschen U-Boote meldeten kaum noch Versenkungen von alliiertem Schiffsraum, sondern nur Verluste. Die neuen deutschen Elektroboote kamen kaum noch zum Einsatz. Die großen Häfen am Ärmelkanal und an der französischen Atlantikküste, die als schwer bebunkerte U-Boot-Stützpunkte ausgebaut waren, hatten längst die Alliierten eingenommen, unter anderem Brest, St. Nazaire. Auch in Lorient saßen die Amerikaner. Sie hatten dort sogar vor der Küste einen künstlichen Nachschubhafen errichtet. Damit war das weitere Vorgehen von U-500 eigentlich festgelegt.

»Wir werden versuchen, über einen weiten Bogen hinaus in den Atlantik nach Lorient zu stoßen«, entschied Wenke. »Wenn uns bis dahin nicht ein britischer Bomber erwischt oder ein U-Boot-Jäger. Näht mal eine weiße Flagge, Männer.«

Sie setzten vier Bettlaken zusammen und verbanden sie mit groben Stichen zu einer Art Flagge, die man im Notfall aufziehen konnte. Dann ließ Wenke das Boot klarmachen zum Auslaufen. »Der Fetzen geht erst im letzten Augenblick hoch.«

Sie warteten noch die Flut ab, liefen mit E-Maschinen langsam in die Donegal-Bucht hinaus und dann Richtung McInmorehead. Allmählich verschwand das Land am Horizont. Sie fuhren aufgetaucht mit etwa fünfzehn Knoten, Kurs 265 Grad.

In der O-Messe erschien ein Mann in ölstinkendem Lederanzug mit einem Totensonntaggesicht. »Muß Sie sprechen, Käpt'n«, sagte LI Roth.

Sie zogen sich in Wenkes Schapp zurück, denn was ihm der Leitende zu sagen hatte, klang gewiß nicht gut und war nicht für jedermanns Ohren.

Wenke glaubte zu wissen, was kommen würde. »Batterie?« fragte er.

Der LI nickte. »Ist im Arsch des Propheten. Wenn es hochkommt, noch vierzig Prozent Leistung. Ständig fallen neue Zellen aus.«

»Das bedeutet?« erkundigte sich Wenke.

»Mit langsamster Fahrt unter Wasser hält sie vielleicht drei Stunden durch. Mit Volldampf, also Kampfleistung, bestenfalls fünfzehn Minuten.«

Wenke begriff, was das bedeutete: Sie konnten keinem U-Boot-Jäger mehr entkommen, mußten sich vor ihnen hüten wie der Teufel vor einem Spritzer Weihwasser.

»Danke, LI«, sagte er tonlos.

Roth blieb noch einen Augenblick stehen, als erwarte er vom Chef ein aufmunterndes Wort, aber bei all seinen Sorgen hatte Wenke auch nichts Passenderes auf Lager als den uralten Rees: »Wird schon schiefgeh'n, Mann.«

»Schief geht immer, was schiefgehen kann, Chef.«

Auf dem Turm vergatterte Wenke seine Wache: »Wenn sie uns entdecken – egal wer, Flugzeuge oder Kutterfischer oder Vorpostenboote –, rufen sie alle U-Jagd-Kommandos herbei, und gegen die sind wir rettungslos verloren. Die Batterie bringt's nicht mehr.«

Mehr konnte er den Leuten nicht sagen. Jeder wollte jetzt, auf den letzten Drücker, nicht noch zu Vater Hein marschieren.

Gegen Nachmittag schreckte sie Motorengeräusch auf, eine einmotorige Spitfire, vermutlich schon die Abendpatrouille. Die See war ziemlich rauh, es gab leicht aufliegenden Dunst.

»Der hat uns nicht gesehen«, sagte der I WO.

»Wenn schon. Dann rotzen wir ihn runter.«

Zu jedermanns Erleichterung kam die Nacht. Das würde sie bei Dieselfahrt in zehn Stunden wieder einhundertachtzig Meilen weiter Richtung Biscaya bringen.

Dann erwischte sie doch der Frühaufklärer, eine zweimotorige Mosquito. Deutlich war die Bombe zu sehen, die unter der Tragfläche hing. Der Pilot hatte sie erkannt und hielt mit abgestelltem Motor auf sie herunter.

»Er glaubt, wir durchschauen seinen Trick nicht, sich heimlich von hinten anzuschleichen. Feuer frei aus allen Rohren«, befahl der I WO.

Jedem an jeder Waffe war klar, daß es nicht damit getan war, den bewaffneten Aufklärer nur zu treffen. Er würde über Funk die Meute der Hunde herbeirufen. Sie gaben mit allen Rohren der Zwillings-2-cm und den MGs Zunder auf den heranschwebenden Gegner. Er wich den Leuchtspurgeschossen nach rechts aus. Nichts machte den Eindruck, daß er getroffen worden sei. Doch im Wegkurven hinterließ einer seiner Motoren eine schwarze Ölrauchfahne, und der zweite schien zu brennen.

»Der hat genug«, sagte Wenke, und tatsächlich vernahmen sie wenig später den Aufschlag der Mosquito auf dem Wasser.

»Gewiß konnte er noch funken«, fürchtete der Obersteuermann. »Jetzt hätte ich gerne einen doppelten Whisky, den von der harten Sorte.«

Sie behielten den Kurs Richtung Südspitze von Irland bei. Wenke brütete über der Seekarte, überlegte, was er tun könne im Falle eines Falles. Wenn man die Seekarte mit dem aktuellen Planquadrat wegnahm, lag darunter die Übersichtskarte und unter der Übersichtskarte diejenige mit allen europäischen Küsten und Gewässern. Zürich war nicht mehr darauf. Trotzdem maß Wenke mit dem Steckzirkel die ungefähre Entfernung ab. Etwa zweitausend Kilometer bis zu dem Ort, wo sie Gisela versteckt hielten, sei es in einem Sanatorium, einer Klinik oder einem Kloster. Das Herz drehte sich ihm um, wenn er daran dachte. Deshalb dachte er nicht länger daran.

In der Nacht meldete der Horcher zunehmende Maschinengeräusche aus West. »Werden lauter«, sagte er und ergänzte: »Diesel und Turbinen.«

Kein Zweifel, das war die britische Abwehr. Sie hatte sich ringförmig formiert, und es gab kaum eine Chance zu entkommen. Sie hatten moderne Asdic-Geräte. Es gab sogar Sensoren, mit denen sie Dieselabgase erschnüffelten. Und U-500 hatte so gut wie keine Batterie mehr. Sofort leitete Wenke den Plan ein, den er etwas verzweifelt in der Nacht gefaßt hatte. Er änderte sofort den Kurs auf Ost. Sie kamen scharf an den Schären vorbei, die bei Cape Clear die Südspitze von Irland bildeten. Von dort wischte er in die Bucht von Cork hinein. Daß ihm die Engländer nicht bis so weit in neutrales Gebiet folgen würden, hoffte er. Der Obersteuermann fand eine passende Stelle. Dort legte sich Wenke auf Grund. Er beschloß, so lange unsichtbar zu bleiben, bis aus der Batterie die letzten Ampere für Pumpen, Ventilator und das Horchgerät herausgelutscht waren.

»Licht aus bis auf Notbeleuchtung«, befahl er.

Ihr Atem reichte länger als der der Engländer, vielleicht, weil sie wegen Sauerstoffmangels langsamer Luft holten. Die Einheiten vor der Bucht verzogen sich.

»Vermutlich wegen schlechten Wetters«, hoffte der Obersteuermann.

Sie tauchten auf, lüfteten durch und nahmen wieder ihren vorberechneten Kurs in Richtung auf die französische Atlantikküste. Allen erreichbaren Sendern entnahmen sie die Frontlage. Es war Ende November geworden. Die alliierten Panzer standen in Metz, der französische General Leclerc zog in Straßburg ein. Die deutschen Angriffe in den Ardennen und im Elsaß waren gescheitert. Im Osten überschritten die Russen die Donau und formierten sich zur Großoffensive gegen Berlin. Es ging dem Ende zu, das war jedem klar.

In schnellen nächtlichen Überwasserfahrten erreichten sie die französische Küste ohne weitere Zwischenfälle. In der Höhe von Naples liefen sie dicht an der Biscayaküste entlang, weiter oben direkt auf die Einfahrt von Lorient zu. Was ihnen an Schiffen begegnete, waren hauptsächlich Frachter und Truppentransporter unter amerikanischer Flagge. Inzwischen hatten sie ihre weiße Fahne gesetzt und mit dem Rest weißer Ölfarbe beiderseits des Turms die Zahl 500 aufgebracht.

»Die Schwierigkeit ist«, meinte der Obersteuermann, »wie wir in Lorient durch die Schleuse kommen.«

»Hinter einem Frachter«, hoffte Wenke.

Es gelang ihnen, aber es war kein Zufall, denn das deutsche U-Boot war längst erkannt und gemeldet worden. Kaum waren sie hinter dem Kaiser-Sarg aus der Schleuse gekommen, empfing sie an der Pier eine halbe amerikanische Armee. Feldhaubitzen, Panzer, Männer in Kampfuniform. Wenke legte das Boot schulmäßig an. An der Pier übernahmen amerikanische Seeleute die Leinen. Sie fuhren die Stelling herüber. Seine Besatzung, von der er sich längst verabschiedet hatte, ging von Bord und marschierte im Gleichschritt, begleitet von MPs, Richtung Innenstadt. Ein amerikanischer Navy-Offizier im gleichen Rang empfing Wenke und brachte ihn zu einer wartenden Stabslimousine.

»Wir mußten Sie von Ihren Leuten trennen, Kapitän«, bedauerte er.

»Das ist mir klar.«

»Wo haben Sie Ihr Kriegstagebuch?«

Wenke trug es unter den Arm geklemmt und deutete darauf.

»Überlassen Sie es mir, bitte?«

»Später«, schlug Wenke vor.

Sie brachten ihn in ein sehr großes amerikanisches Gefangenenlager bei Quimper. Isoliert von allen anderen, bekam Wenke eine Einzelzelle in einem Hafenbunker aus feuchtem Beton. Dort ließen sie ihn erst einige Tage schmoren, vermutlich bis sie die zuständigen Verhöroffiziere zusammengetrommelt hatten. Eines Morgens eskortierten ihn dann zwei Posten zur Lagerkommandantur. Der Verhöroffizier, ein Colonel, der vorzüglich Deutsch sprach, hatte am Schreibtisch vor sich das Kriegstagebuch von U-500 liegen.

Er bat Wenke, Platz zu nehmen, und sagte: »Dort, wo die Engländer aufgehört haben, müssen wir wieder anfangen.«

Die verhörähnlichen Gespräche dauerten beinahe eine Woche. Nahezu jede Position des Kriegstagebuchs ging der Interpretor mit Wenke durch. Wenke beantwortete jede Frage. Als Verrat mochte er das nicht bezeichnen, denn für Deutschland kündigte sich die Kapitulation an.

Beim Studium des Kriegstagebuchs kam der Colonel oft nicht aus dem Staunen heraus. »Sie sind schon ein schneidiger Hund, Wenke«, sagte er. »Wie konnten Sie dem Standortkommandanten von Penang die Torpedos herausleiern?«

»Mit Gewalt«, antwortete Wenke kurz.

»Und wie Sie diesem Clan-Chef der Malakka-Seeräuber die Treibstoffbunker seiner Yacht geleert haben, das war filmreif.« Offenbar fand der Amerikaner noch mehr filmreif – daß Wenke mit U-500 versucht hatte, aus der arabischen Falle herauszukommen, und es gewagt hatte, vom Roten Meer durch den Suezkanal ins Mittelmeer vorzustoßen. »Das war Ihr Husarenstück, Commander.«

»Aus der Not geboren, Sir.«

»Und wie Sie das gemacht haben! Getarnt als Fischereifahrzeug inmitten des Konvois. Chapeau!«

Wenke kommentierte die Geschichte nicht weiter. Er wartete darauf, daß man ihm andere Dinge vorhalten würde, zum Beispiel, daß er nahezu ein Jahr außerhalb der Kommandohoheit des BdU gekämpft hatte. Aber das schien den Amerikaner überhaupt nicht zu interessieren.

Am Ende des Verhörs sagte der Colonel nur: »Wir haben etwas mit Ihnen vor, Wenke, aber das erfahren Sie noch.«

Chris Wenke saß in seiner Einzelzelle und sah und erfuhr von den Amerikanern nichts. Deutschland kapitulierte, die meisten U-Boote ergaben sich mit schwarzer Flagge. Das Frühjahr verging, und der Sommer kam. Eines Tages erschien ein Mann im Lager. Er trug eine blaue Marineoffiziersuniform, aber ohne Rangabzeichen. Wenke konnte es nicht fassen.

»Henrici!« rief er. »Sie haben es also geschafft.«

»Das weniger«, bedauerte Henrici und deutete auf die vier rotgestickten Buchstaben an seinem linken Ärmel unterhalb der Schulter.

»G-M-S-C«, buchstabierte Wenke. »Was bedeutet das?«

»German Mine Shippers Corporation«, übersetzte Henrici. »Wir fischen alle Minen heraus, von der Ostsee durch die Deutsche Bucht in den Ärmelkanal und hinauf bis Schottland. Wir machen das mit alten deutschen Minensuchbooten. Sie haben mich eingefangen, weil ich praktisch mittellos auf der Straße saß. Ich bin Kommandant eines großen Fischdampfers, der noch moderne Minensuchgeräte an Bord hat. Wir brauchen dringend Kommandanten, Wenke«, sagte er. »Hätten Sie keine Lust, bei uns einzusteigen? Das würde Ihre sofortige Freiheit bedeuten.«

Wenke hatte sich halb auf seinen grobgehobelten Tisch gesetzt, schlug die Arme übereinander und wollte einiges mehr wissen. »Wie ist die Heuer?«

»Schlecht.«

»Und die Verpflegung?«

»Schlecht.«

»Die Chancen, den Kopf über Wasser zu halten?«

»Schlecht«, gestand Henrici. »Wir haben vierzig Prozent Totalausfälle. Wir räumen die Minen, schießen sie dann ab, aber ab und zu ist das zu spät, und wieder geht einer unserer Dampfer hoch.«

Kopfschüttelnd blickte Wenke ihn an und sagte: »Was für ein Freundschaftsdienst von Ihnen. Muten Sie mir allen Ernstes zu, daß ich mich bei Ihrem Verein melde?«

»Ich weiß«, sagte Henrici, »kenne die Risiken, aber besser als gesiebte Luft atmen. Und Sie hätten vielleicht die Chance, zu Ihrem geliebten Mädchen zu kommen.«

Sie tranken die Flasche Cognac leer, die Henrici mitgebracht hatte. Als er ging, gab ihm Wenke mit auf den Weg, daß er sich das alles mal überlegen wolle.

Wenke, zermürbt, gab seine Meldung an das Minenräumkommando weiter, aber die Amerikaner verweigerten die Genehmigung. Er versuchte es noch einmal, wieder vergebens. Also bat er um einen Termin beim Lagerkommandanten. Statt dessen erschienen am Morgen vor seiner Bunkerzelle zwei MP-Soldaten in weißem Lederzeug und Stahlhelm und führten ihn ab. Sie brachten ihn nach St. Nazaire, wo das Oberkommando der amerikanischen Armeen für Südfrankreich untergebracht war. Dort ließ man Wenke einige Zeit warten. Schließlich empfing ihn ein Mann, der den goldenen Kolbenringen an der Uniform nach zu schätzen mindestens Vizeadmiral war. Es gab nicht viel Privates zu reden, der Admiral kam rasch zur Sache. Er blätterte in seinen Akten, obwohl er deren Inhalt vermutlich kannte.

»Der Fahndungsbefehl nach Ihrer Person wegen des Vorfalls in Paris wurde aufgehoben, Sie können sich also auch im ehemaligen Reichsgebiet wieder sehen lassen. Außerdem hat der Hohe Kommissar, dem auch alle Zivil- und Kriegsgerichte unterstehen, den Prozeß gegen Sie nicht nur niedergeschlagen, sondern das Todesurteil aufgehoben. Es waren Kopfschüsse auf einen Massenmörder. Sie sind fortan ein freier Mann, Commander Wenke.«

Wenke wurde mißtrauisch. Das dicke Ende kommt noch, dachte er, die tun das nicht ohne Gegenleistung. Und was ihm auch verdächtig schien, war die Höflichkeit des Admirals und die Anrede »Commander«.

Der Admiral fuhr fort: »Wir stellen keine Bedingungen, Commander Wenke. Wir machen Ihnen allerdings einen Vorschlag. Nach dem, was ich über Sie weiß, sind Sie einer der mutigsten, erfahrensten U-Boot-Kommandanten, die diesen Krieg überlebten. In der amerikanischen Navy steht jetzt, nach Ende des Krieges, wenn auch noch Japan erledigt sein wird, eine große Umstrukturierung bevor. Nach den Erfahrungen im Nordatlantik werden wir voll auf den Ausbau der U-Boot-Waffe setzen. Dazu brauchen wir Instruktoren, Lehrer, Ausbilder Ihres Ranges für unseren Nachwuchs. Hätten Sie nicht Lust, vorerst an der Marine-Akademie Indianapolis tätig zu werden, und zwar in dem letzten Rang, den Sie innehatten?«

Das Angebot kam ziemlich überraschend. Es war nicht atemberaubend, mit irgend etwas in dieser Richtung hatte Wenke bereits gerechnet. Er ließ sich also nicht blenden, sondern sagte: »Ich darf mir das überlegen, Sir?«

»Wie lange?«

»Vierundzwanzig Stunden.«

»Das gefällt mir«, erklärte der Admiral. »Sonst noch etwas?«

Erst zögerte Wenke, dann äußerte er frisch und frei: »Ich möchte eine Woche Urlaub, verbunden mit einem Paß und Kurzvisum für die Schweiz.«

Der Admiral zog das Kinn an den Krawattenknoten, telefonierte in einem so schnellen Englisch, daß Wenke kaum mitkam, und nach dem Auflegen sagte der Admiral: »Das läßt sich machen, fürchte ich.«

23

Gruß von Schiller

In seiner amerikanischen Navy-Uniform saß Commander Wenke voll Ungeduld auf seinem amerikanischen Koffer. Es war sehr früh am Morgen. Er trat hinaus vor die Baracke und atmete tief. Von der Küche her wehte der Duft von starkem amerikanischem Kaffee, Toast und Rührei, und was da aus den dampfigen Waschräumen herausquoll, war typisch für amerikanische Hygiene: der Geruch der Seife und der verwendeten Rasierwasser. Und pausenlos gab es Musik. Von früh bis Nacht. Es waren die besten Aufnahmen von Duke Ellington, Lionel Hampton, Glen Miller, Tommy Dorseys Trompete und Benny Goodmans Klarinette.

Das ist schon ein Stück Freiheit, dachte Chris Wenke, als der Jeep heranfuhr, um ihn zum Bahnhof zu bringen.

Einen Tag später war das Blau, das Chris Wenke erblickte, der Lago Maggiore. Mit dem Motorboot war die Villa am Ostufer oberhalb von Laveno am besten zu erreichen. Er mietete in Ascona eines und ließ sich hinbringen. Was er auf halber Höhe vom See aus zu sehen bekam, war ein weißer, palazzoartiger Komplex. Er sagte dem Bootsführer, er möge warten, und ließ sein Gepäck an Bord. Langsam, mit Herzklopfen, nahm er die Stufen zu der feudalen Villa. Im Augenblick wußte er nicht, was er sagen sollte.

Aus dieser Verlegenheit half ihm die Dame, die in ihrer Eleganz zu der Umgebung paßte. Die Konsulin Tina Lauenstein erwartete ihn oben und umarmte ihn. Sie führte ihn durch die breiten Terrassentüren ins Innere der Villa. »Mein Mann bedauert, Sie nicht empfangen zu können. Er ist krank, aber ich möchte Ihnen versichern, daß wir beide, mein Mann und ich, Sie sehr gerne mögen und auch gerne in unserer Familie gesehen hätten. Nehmen Sie also Platz.«

Wenke wollte nicht lang herumreden, sondern fragte nach Gisela.

»Sie ist wieder unter den Lebenden, treibt ihren Sport, nimmt an gesellschaftlichen Ereignissen teil«, wich die Konsulin aus.

Er unterbrach sie unhöflich. »Und wo, verdammt, ist sie?«

Sie antwortete nicht, sondern ging zum Kamin, wo ein großes Hochglanzfoto aufgestellt war in einem Format, wie es illustrierte Zeitungen und Magazine zum Abdruck verwendeten. Wenke betrachtete es lange. Es zeigte Gisela nahezu unverändert in einem elegant dekolletierten Abendkleid. Neben ihr ein hochgewachsener, gutaussehender Mann in Frack mit Ordensspange und Lametta.

»Ein neueres Foto?« fragte er benommen.

»Etwa drei Jahre alt.«

»Haben Sie da Giselas Geburtstag gefeiert? Den Mann neben ihr glaube ich zu kennen. Ist das nicht der Schweizer Großverleger Bürli oder so ähnlich?«

Die Konsulin strich sich das Haar zurück und nickte. »Ja, Donald Bürli.« Und dann, als fiele es ihr schwer, fügte sie hinzu: »Das Hochzeitsfoto.«

Wenke hatte etwas geahnt. Sein Herz fühlte sich plötzlich an wie Eis.

»Hat Gisela ...?« Hoffentlich schweigt sie, dachte er, das überstehe ich nicht.

»Bürli ist ein Geschäftsfreund meines Mannes«, berichtete die Konsulin, »er hat Schiselle immer verehrt. Bei ihm ist sie in guten Händen.«

Wenke fühlte, wie er langsam starb. »Als seine Ehefrau?«

»Sie werden verstehen, Chris, daß Sie Schiselle nicht sehen können. Sie lebt am Genfer See, ist glücklich und hat zwei Kinder.«

Er wußte nicht, wie er diese Worte noch zusammenbrachte, jedenfalls sagte er: »Na, dann wünsche ich ihr alles Gute.«

Er drückte sich aus dem Sessel hoch, machte eine stumme Verbeugung, drehte sich um und versuchte hinauszugehen, obwohl ihn Schwindel erfaßte. Er tastete sich über den Marmor in die Halle, und plötzlich fiel ihm ein Gedicht von Schiller ein. Es war »Der Ring des Polykrates«. Darin lautete eine der letzten Zeilen: »Hier wendet sich der Gast mit Grausen ...«

Erik Maasch
Der erfolgreiche Autor spannender U-Boot-Romane bei Ullstein Maritim

Auf Sehrohrtiefe vor Rockall Island
3-548-24741-5

Duell mit dem nassen Tod
3-548-24632-X

Im Fadenkreuz von U 112
3-548-25209-5

Letzte Chance: U 112
3-548-25731-3

Tauchklar im Atlantik
3-548-24615-X

Die U-Boot-Falle
3-548-24770-9

U 112 auf Feindfahrt mit geheimer Order
3-548-25087-4

U 115: Jagd unter der Polarsonne
3-548-25446-2

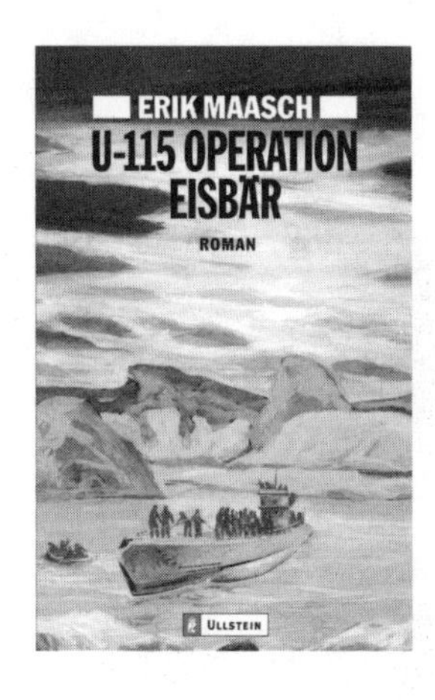

U 115: Operation Eisbär
3-548-25651-1

U-Boote vor Tobruk
3-548-25333-4

ULLSTEIN TASCHENBUCH

C. H. Guenter
Die großen maritimen Romanerfolge bei Ullstein Maritim

Atlantik-Liner
3-548-24609-5

Duell der Admirale
U-136 auf tödlicher Jagd
3-548-24398-3

Einsatz im Atlantik
Das letzte U-Boot nach Avalon (I)
3-548-24634-6

Geheimauftrag für Flugschiff DO-X
3-548-25079-3

Kriegslogger 29
Den letzten fressen die Haie
3-548-24304-5

Das Otranto-Desaster
3-548-24728-8

Der Titanic-Irrtum
3-548-24471-8

U-136 – Flucht ins Abendrot
3-548-25207-9

U-136 in geheimer Mission
Das letzte U-Boot nach Avalon (II)
3-548-24635-4

U-Kreuzer Nowgorod
3-548-24774-1

ULLSTEIN TASCHENBUCH